DU MÊME AUTEUR

LA CONSOLATION, *Éditions P.O.L*, Paris, 1991.

EN PRISON, *Éditions P.O.L*, Paris, 1992.

COMPRENDRE ET COMPATIR, *Éditions P.O.L*, Paris, 1993.

DES CHOSES IDIOTES ET DOUCES, *Éditions P.O.L*, Paris, 1993, Prix du Livre Inter, « Folio » n° 2682.

COMME DES ANGES, *Éditions P.O.L*, Paris, 1994.

EST-CE QUE TU M'AIMES ?, *Éditions P.O.L*, Paris, 1995.

LE DIEU QUI ÉTAIT MORT SI JEUNE, *Éditions P.O.L*, Paris, 1995.

L'ENNEMI D'AMOUR, *Éditions P.O.L*, Paris, 1995.

LES INNOCENTS, *Éditions P.O.L*, Paris, 1995.

ARRIÈRE, FANTÔMES !, *Éditions P.O.L*, Paris, 1996.

DIEU, LE SEXE ET NOUS, *Éditions P.O.L*, Paris, 1996.

NOTRE FAUTE, *Éditions P.O.L*, Paris, 1997.

LE VERTIGE DES BLONDES, *Éditions P.O.L*, Paris, 1998.

COMME DES FRÈRES, *Éditions Calmann-Lévy*, Paris, 1998.

LE GOÛT DU SUICIDE LENT, *Éditions P.O.L*, Paris, 1999.

PAS AIMÉE, *Éditions P.O.L*, Paris, 1999.

UNE FÉE, *Éditions P.O.L*, Paris, 2000, « Folio » n° 3617.

KIDS, *Éditions P.O.L*, Paris, 2000.

GAGMEN, *Éditions P.O.L*, Paris, 2002.

LA BIBLE, NOTRE EXIL, *Éditions P.O.L*, Paris, 2002.

SONGS, *Éditions P.O.L*, Paris, 2003.

MAUVAIS VIVANTS, *Éditions P.O.L*, Paris, 2003.

NOUS NOUS AIMONS, *Éditions P.O.L*, Paris, 2004.

MES AMIS MES AMIS, *Éditions P.O.L*, Paris, 2004.

ABRAHAM REMIX, *Éditions P.O.L*, Paris, 2005.

PATRAQUE, *Éditions P.O.L*, Paris, 2006.

VACHES, *Éditions P.O.L*, Paris, 2008.

Suite des œuvres de Frédéric Boyer en fin de volume

LE LIÈVRE

FRÉDÉRIC BOYER

LE LIÈVRE

roman

GALLIMARD

pour Bénédicte

Ecce sto ad ostium et pulso.

Apocalypse 3, 20

Dans les phares de l'automobile, surprendre la vision des têtes mélancoliques des vaches tranchées dans la nuit apparaître et disparaître à toute vitesse parmi les champs noirs qui bordaient une de ces routes de campagne que nous avalions lui et moi, et qui ne menaient jamais nulle part. Foncer tout en poursuivant ne jamais savoir trop quoi, quelque chose, disait-il, qui nous ferait vibrer, qui nous ferait nous sentir meilleurs, plus forts, plus vivants.

Je n'ai jamais su exactement pourquoi nous allions si vite ni si quelque chose ou quelqu'un existait que nous devions fuir. Quel mal nous aurions fait ni quel mal on aurait pu nous vouloir. Ou si c'était le cas, avec une certaine noblesse, lui ne me le disait pas. Chut.

La réalité, ou ce que nous prenions pour telle, a reparu. Le soir tombait, il faisait froid. Nous serions en retard. Maman devait s'inquiéter.

Un grand silence s'est abattu sur toutes choses. Un de ces silences énormes capables de loger hélas dans le cœur d'un tout petit garçon comme moi. Le cœur gros comme un citron. J'avais le sentiment d'être au milieu d'une prairie inconnue ourlée d'une forêt sombre. Quand d'autres paroles, ce soir-là sur la route du retour, sont venues frapper ma toute jeune existence comme les balles d'un fusil.

C'est la dernière fois. La dernière fois que je t'emmène avec moi.

Il avait dit ça les mains accrochées à son volant, en roulant comme un malade, le regard fixe lancé dans la nuit devant nous.

Je me suis demandé alors ce que j'avais pu faire ou dire qui justifiait cette condamnation.

J'ai fermé les yeux et depuis, quand je ferme les yeux, ce que je vois c'est toujours la même route perdue qui se déroule à l'intérieur de moi. Avec les ombres déformées des arbres qui voudraient m'appeler, me retenir. Et c'est la même douceur humide, liquide, qui sort de mes yeux.

C'étaient des larmes.

Tièdes comme les larmes sont tièdes. Comme la merde est tiède.

Je ne me suis pas rendu compte que je pleurais depuis un bon moment. Sans doute comme celui qui raconte être descendu aux Enfers, *là où les pleurs même empêchent de pleurer.* Toutes les larmes accumulées par le petit garçon que j'étais, *figées comme des visières de cristal lourd*, se sont mises à fondre lentement et à couler.

Ne pleure pas. Tu t'en sortiras. Me dit-il.

Je ne parvenais pas à ravaler mes larmes. J'ai senti que lui avait voulu me faire un aveu mais qu'il venait d'y renoncer comme pour me protéger sans que je puisse deviner de quoi ou de qui.

J'ai pensé seulement : quelle sorte de choses sont les larmes ? D'où viennent-elles ? D'une petite porte perdue au fond de nous, me disait maman. Et quelle sorte d'êtres sont les larmes ? Je me souviens d'avoir vu un matin ma grand-mère pleurer sans parvenir à mettre fin à ses larmes qu'elle tentait d'essuyer dans un grand mouchoir à carreaux. Sa mère, notre arrière-grand-mère, venait de mourir. Mais je n'avais pas appris ce jour-là sa mort. On me l'avait cachée. On avait sans doute voulu me prémunir d'un inévitable chagrin, ou disons qu'il y avait tant à faire, à penser après la mort de l'aïeule, qu'on aura reporté à un peu plus tard le temps des paroles aux enfants. Et quand je l'ai interrogée enfin sur ses larmes, ma grand-mère m'a répondu : Elles coulent pour laisser partir quelqu'un qui est dans mon cœur, qui est en moi depuis si longtemps. J'ai imaginé que nous retenions tout au fond de nous la pensée de ceux que nous aimions, avec la crainte d'un chagrin trop violent qui pourrait rompre les digues de notre cœur, et alors emporter dans nos larmes chaudes l'être si fragile des personnes aimées.

Je ne sais toujours pas ce que sont les larmes ni pourquoi elles sont aujourd'hui si importantes pour moi. Pourquoi je pleure régulièrement encore comme le petit garçon que j'étais. J'éprouve en même temps une peur visible de ce que le corps sécrète. J'imagine depuis cela ainsi, des présences durcies à l'intérieur de nous, dans la pauvre gangue de notre corps, tout un peuple de vies gâchées, oubliées sans doute, et dont on ne se débarrasserait pas autrement qu'en versant ce liquide salé presque brûlant dans lequel ces fantômes familiers semblent s'être dissous. Pourquoi cela me fait encore venir les larmes aux yeux en écrivant ça ? Penser à la folle tiédeur des larmes que nous versons. La tiédeur de nos corps, de leurs sécrétions, la tiédeur si souvent dégueulasse de la machine humaine. Sa douceur. J'ai lu comme vous, mes amis, que Dieu vomirait les tièdes. Grand bien lui fasse. Moi je resterai en attendant avec les tièdes. Les rescapés. Les enfants qui n'ont pas grandi. Les familles qui n'ont pas toujours eu les mots ni les gestes qu'il aurait fallu. Et je sais qu'en réalité quelque chose du dieu humain se tient dans la tiédeur de leurs larmes ravalées. Avec leurs petites histoires inachevées de réussite sociale ou amoureuse. Leurs trahisons, leurs crimes inavoués. Des familles où celui qui n'est pas criminel est criminel tout de même, et traîne en lui une affreuse mémoire qui ne lui appartient pas, une mélancolie fantôme, un immense regret pire que le remords de celui qui se reconnaît ou se sait coupable. Ou bien n'ai-je plus la force et le courage pour ravaler moi-même tout ça – souvenirs perdus et rêves d'enfant comme la boue du paddock où les chevaux affolés que nous sommes s'échauffent et se détendent en vain avant l'épreuve finale – et oublier ça une bonne fois pour toutes ?

On était en l'an de grâce 1973. Les femmes manifestaient dans les rues pour le droit à l'avortement. Je crois que maman n'était pas d'accord avec elles, bien qu'elle passât son temps à déplorer que certaines femmes puissent être mères. *À quoi ça sert de faire des gosses si c'est pour s'en occuper comme ça?* demandait-elle. Sans que l'on sache jamais exactement ni quelles femmes ni quelles sortes de mères elle visait par ces paroles. Ou si cette qualité de mère l'aura terrifiée au point de s'en effrayer à l'endroit de toute autre femme.

On ne comprenait pas toujours sa façon de penser ou de voir le monde. C'est vrai. Elle se fâchait contre tout ce qu'elle ne parvenait pas elle-même à déchiffrer, mais le plus étonnant pour nous était qu'elle n'exprimât jamais, devant nous en tout cas, le moindre désir de changer de vie. Elle avait choisi de rester là où était la simplicité, la banalité de cette vie, mais là aussi sans doute où était le monde auquel elle se sentait attachée.

Maman s'inquiétait beaucoup de la vie des autres sans pour autant les fréquenter assidûment. On sentait qu'elle aurait voulu parfois se rallier à leur vie, qu'elle était tout près de franchir la frontière invisible qu'elle s'était fixée entre elle et les autres, elle et le monde extérieur, mais une peur indéfinissable la tenait sur le seuil de toute existence partagée. Nous aussi d'ailleurs. Elle ne s'autorisait que des gestes timides en direction des autres, paroles rapides, sourires de loin. Mais on l'aimait aussi pour ça. Même si parfois cette chose étrange nous traversait l'esprit: Pourquoi vouloir être heureux, on était si bien ensemble? On se rassurait en se disant que maman devait très bien savoir pourquoi les choses arrivaient.

Dis, tu ne vas pas devenir comme lui? m'a répété maman en me voyant pleurer ce soir-là.

J'ai fait celui qui ne comprenait pas.

Qui ça *lui*?

Elle avait toujours de ces questions à la nuit tombée. Mais qui n'attendaient pas nécessairement de réponse, je le savais. A-t-elle cru alors que j'étais sur le point de la trahir? Ou de quitter notre monde de petites croyances, comme la nécessité de rester entre nous, ne pas viser trop haut ni traîner trop longtemps dehors, dans les rues, et manger à heures fixes. Croyances dont nous ne comprenions pas très bien de quoi elles devaient nous protéger mais qui avaient à voir probablement pour nous avec une forme de transcendance à notre mesure, un sacré familial et modeste qui possédait ses propres petites tables de la Loi.

Je me suis senti soudain très abattu ce soir-là. Pourquoi maman se faisait tant de souci? J'aurais aimé la rassurer mais quand elle a répété sa question je n'ai pas été capable d'autre chose que de faire comme si je ne l'avais pas entendue, tout en haussant les épaules.

Certains pensent que la mère est notre première histoire d'amour. Je suis encore embarrassé et inquiet d'une vérité si générale. Maman m'a toujours fait l'effet d'être une petite fille à peine sortie de la guerre et des illusions de l'après-guerre. Une petite fille mélancolique qui aurait grandi avec l'espoir d'être sauvée et emportée loin, comme ces enfants bouche bée qui rêvent d'apercevoir une vedette de cinéma qui n'arrive jamais. Je crois qu'en 1956, alors qu'elle allait devenir jeune maman dans l'année, on aurait pu l'apercevoir dans la foule des badauds qui chaque jour se massait près des studios de la Victorine à Nice, où Roger Vadim tournait *Et Dieu… créa la femme*. Elle aurait rêvé peut-être d'être aperçue et remarquée par un metteur en scène ou un producteur. Partir à Saint-Tropez et dire comme la Bardot dans l'éclat du soleil : *Mais j'travaille… j'travaille à être heureuse*. Et Maman se serait accrochée à cette illusion précisément parce qu'elle savait cruellement que les chemins empruntés par des vies diverses ne se croisent que rarement, et moins souvent, oh beaucoup moins, que le cinéma le laisse croire. Il y avait ainsi des mondes différents, des événements différents qui ne s'écoulaient pas, qui ne se dépensaient pas avec la même intensité, avec la même vitesse, selon les mêmes rythmes.

Au fond, aucun rêve ne se réalisait jamais, ou, plus cruel encore, nous n'avions pas à imaginer pouvoir assouvir nos rêves.

C'est toute l'histoire d'une vie. On peut éprouver, les années s'envolant derrière nous, la sensation d'être les locataires d'une maison vide. À mesure que la foi que nous avons mise dans le fait de vivre et d'avancer s'effrite lentement comme du sable imparfaitement tassé sous nos pas maladroits. Maman faisait avec moi ce qu'elle croyait devoir faire. Et chacun a fait ce qu'il a cru devoir faire avec soi comme avec ses enfants. Un jour ou l'autre, on comprend qu'on n'a fait en réalité que très peu de ce que nous pensions devoir faire, et souvent l'exact contraire, ce qui n'est pas forcément pire que les souhaits et les principes derrière lesquels toute notre vie nous avons couru jusqu'à l'essoufflement.

Le temps a tout avalé. C'est un monstre qui ne recrache jamais ses proies. Des années plus tard, une quarantaine peut-être, je suis étendu sur une table de bois d'un petit immeuble parisien, près de la Contrescarpe. Cinquième étage sans ascenseur. J'ai trébuché sur la dernière marche en arrivant là-haut. Je me suis accroché au mur pas très propre et j'ai repris mon souffle. Ma vie a basculé. Je suis en deuil de deux personnes très chères sans pouvoir m'arracher à l'idée qu'elles réapparaîtront au détour d'une rue. Je crois vivre avec les morts, mais je suis en réalité comme enfoui dans la tombe de la vie elle-même. La vie que je vois alors comme ça, pareille à ces vieux lits d'autrefois, immenses et glacés, dont les draps secs avaient la raideur des fantômes auxquels nous nous efforcions de croire avec l'assiduité des petits élèves médiocres de l'existence que nous sommes. Cette espèce de croyance aux fantômes, de superstition, ne sert jamais qu'à cacher quelque chose de bien vivant qu'on voudrait sans doute ne pas avoir à vivre. Le fantôme prend toujours la place du vivant honteux que nous sommes. Quand on remonte aux sources d'une histoire de revenants, on tombe très vite sur une souffrance érotique, une faute bien vivante dont on protégera à tout prix l'illusoire caractère inavouable comme pour s'en faire une malheureuse carapace, une armure de paille.

Il est huit heures du matin, le ciel est encore vide des troubles et des scories de la journée. Le printemps sort à peine son museau frais. J'éprouve un sentiment bizarre. Je suis venu parler à un homme inconnu de moi qui propose d'alléger mes souffrances, de soulager les *nœuds du corps et de l'esprit* (son expression). Je l'appelle le *chaman* pour me moquer de moi et un peu de lui. Il m'a semblé au début être d'une pâleur de cire et marmonner tout seul des choses incompréhensibles. Il installe lentement avec des gestes cérémonieux un lit sur une sorte de table en bois. Je pense à tous ces pauvres gars qui dorment sur des bancs la nuit dans les rues. Il prépare deux verres d'eau et une carafe à portée de main. Je m'allonge sur un simple signe de tête de sa part. Il m'explique lentement enfin que mon corps et sa masse musculaire réagissent à mes émotions et à mes pensées négatives. Bien entendu ça n'a aucun sens pour moi. Soudain je me retrouve sans rien, sinon une folle poignée obscure de questions. Un impossible regret me fait chavirer à chaque heure qui passe. Le chaman m'observe longtemps. J'ai dû enlever ma chemise. Il a commencé à appuyer ses doigts sur la peau de mes bras. Je sens avec désarroi qu'il veut m'extorquer quelques confidences. Et quand il me demande enfin pourquoi je suis venu le trouver ce matin, j'aimerais lui rappeler simplement que nous avions pris rendez-vous, et pour finir je ne trouve rien d'autre à lui répondre que :

— J'aimerais savoir comment revenir de là pour rentrer chez moi.

— Mais revenir d'où ? veut-il savoir logiquement, après une petite pause.

— Des morts, je réponds doucement. Depuis que je suis resté avec eux, je me dégoûte, je voudrais m'enfuir, mais je n'en ai pas la force.

— Et encore ?

Il veut en apprendre davantage comme si cela ne lui suffisait pas et qu'il ne trouvait pas si extraordinaires que ça ma demande et mes explications laborieuses. Suis-je bien certain d'avoir un endroit, un chez-moi où revenir des morts ou d'ailleurs ? ajoute-t-il. C'est sans doute cela que je cherchais à dire : je n'ai plus, depuis longtemps, de chez-moi où me réfugier.

— Je n'y crois pas, dis-je.

— À quoi ?

— À eux, les morts. Je n'y crois pas. Ils n'existent pas.

— Dans ce cas, me répond le chaman, s'ils n'existent pas, que faites-vous avec eux ?

Implacable. Sa voix posée et lente m'agace. J'ouvre mes poings fermés comme si je lâchais les rênes d'un attelage infernal. Je crois me souvenir qu'il me demande alors si ce sont les morts qui ont fait irruption dans ma vie ou si j'ai pu pénétrer chez eux. Quelque chose comme ça. Lui-même me considère avec circonspection mais sans avoir l'air surpris.

Il m'explique qu'il a reçu quelques semaines auparavant la visite d'un homme dont l'état de faiblesse physique était dû à sa conviction d'être un fantôme, une sorte de revenant.

— Et vous ? me demande-t-il.

Je n'en sais rien. Une terreur sourde m'envahit à heures régulières, c'est elle qui me paralyse, qui m'empêche de remonter à la surface de la vie. Sans me répondre, il continue de palper de ses doigts mes avant-bras, mes mains, mes tempes, comme s'il cherchait à réveiller une cicatrice. Il sent, dit-il tout bas, que je suis en effet retenu dans une caverne sombre. Où la pensée des morts captive les vivants. Dans la caverne du langage aussi. Rien n'en sort plus. Quand il m'interroge, j'ai un mal fou à trouver mes mots, je balbutie. Alors que cela ne m'est plus arrivé depuis mon enfance, je ressens la même impuissance que, petit garçon, quand je désespérais de briller aux yeux de mes petits camarades en jouant au foot avec eux dans la rue en tapant dans des ballons crevés que je tentais en vain d'appeler à moi. Les mots s'entrechoquaient en sortant de ma bouche, ce qui provoquait l'hilarité de ces footballeurs féroces dont j'aurais aimé gagner l'estime.

Je me mets ainsi à bégayer devant lui.

Bégayer comme les enfants qui s'enferment dans le langage sans pouvoir en sortir. Et sans jamais parvenir à demander le ballon qui file entre les pieds de leurs camarades de jeu, comme s'échappe la vie des mots qu'on ne dit pas.

Oh mes amis, ce matin-là je me vois soudain sous les traits dérisoires du petit garçon hésitant et bégayeur que je fus dans les années soixante et soixante-dix du siècle précédent. Souvent, quand je bégayais trop, et que ma mère assistait impuissante et agacée à ma douleur, ne sachant plus quoi faire, elle sortait m'offrir une glace près des arènes de Cimiez, plutôt que de tenter avec patience de m'écouter. Et je m'empiffrais pour ravaler et enfouir dans un nuage gelé aux parfums sucrés, écœurants et synthétiques, tout ce qui ne pouvait pas sortir de moi.

Je n'aime plus les glaces.

Oh. Oh Seigneur Dieu, qu'est-ce que je fous là ? Qu'est-ce que je suis venu faire ? Où est mon bateau au long cours pour traverser le temps, mon automobile rapide dans l'existence, ma fusée d'espoir pour m'arracher des marais obscurs du Styx ? Je flotte sur mon pauvre petit radeau perdu dans le passé. Je suis égaré dans un monde souterrain.

J'ai perdu quelqu'un que j'aimais. Et j'ai ce jour-là, comme il arrive souvent quand une personne chérie disparaît brusquement emportant avec elle une part énorme de votre univers familier, la sensation très nette, avec l'exactitude de la cruauté, que j'ai perdu quelqu'un depuis toujours. Depuis le jour où j'ai pu adresser la parole à quelqu'un qui, me semble-t-il, ne m'a toujours pas répondu, et dont j'attends en vain qu'il le fasse. Quand toute l'existence semble s'être réfugiée alors dans la tentative désespérée d'éveiller une réponse.

— Si vous étiez un oiseau ? me demande soudain le chaman de la Contrescarpe, d'une toute petite voix fluide et surprenante pour ce corps un peu épais et avachi.

— Un oiseau noir qui pleure au-dessus d'un lac profond entre les montagnes.

J'enchaîne les réponses sans réfléchir. J'ai la tête qui bourdonne. Il me presse les tempes. Je décris simplement les images qui me viennent à l'esprit.

— Et si vous étiez un lac ?

— Un lac dans lequel tout le monde pleure, un lac rempli de larmes, avec un arbre solitaire.

Ah, un lac. S'y jeter avec les ombres des montagnes, les branches mortes des arbres.

— Si vous étiez cet arbre ?

— Un pin qui se penche au-dessus de la mer.

— Si vous étiez une mer ?

— Je serais la tempête qui la tord.

— Voilà, dit-il tout bas. Vous êtes plein de colère. Or il est impossible de changer les choses si on ne les accepte pas.

Je ne le lui dis pas mais je pense exactement le contraire, je pense que d'immenses choses ont été rendues possibles par le refus, par la colère. Mais je ne réponds rien, je suis écrasé par cette sorte de torpeur hypnotique communiquée par ses doigts épais sur ma peau.

Le chaman prend chacune de mes mains, me masse les doigts, et me demande de fermer les yeux.

— Laissez partir les morts, dit-il.

Laisser partir les morts.

Ne plus retenir les absents. Les disparus.

Je lui dis dans un murmure que j'ai le sentiment d'avoir été trahi.

— Par trahison, je veux dire que l'on vous promet d'être de votre côté, avec vous, et que l'on se range du côté d'un autre.

Ou plus exactement, pensé-je, la trahison c'est que l'amour puisse un jour ou l'autre se mesurer à la perte.

— Répétez cette phrase et dites avec moi : *Je te laisse partir.*

Stop. Ça suffit. Je veux tout arrêter. Je ne suis plus sûr du tout de vouloir me lancer dans cette expérience. Où donc iraient ceux que nous laisserions partir ? Je ne sais même pas où se trouvent en cet instant précis les morts que je retiens.

Et est-ce que je les retiens ? et si oui, comment ? Je trouve dérisoire, presque drôle, l'idée que nous retenions ceux qui ne sont plus là parmi nous, ou l'idée qu'il faudrait laisser partir ceux qui nous ont quittés.

J'ouvre les yeux. Le visage du chaman se penche au-dessus de moi, et je vois avec étonnement des larmes couler sur ses joues grises. Il pleure. Ce que je prends alors pour de la compassion m'écœure un peu, je l'avoue. Les larmes descendent sur sa barbe de quelques jours et viennent s'écraser sur son gilet bleu, un peu sale, troué par endroits. Je vois que sa barbe noir argenté est inégale, clairsemée. Tandis que ses mains sont brûlantes, sous ma nuque et sur mon front à présent. Je le trouve mou mais il ne me dégoûte pas vraiment, même si je note malgré tout certains de ses ongles noircis et mal coupés.

Je réalise seulement alors que moi aussi je pleure. Sans doute ses larmes auront provoqué les miennes. Ou est-ce l'inverse. Je sens mes joues trempées mais je ne peux essuyer mon visage. Je dois rester immobile. Je n'ai pas le courage ou la force de m'en aller.

Les larmes coulent.

— Pourquoi dites-vous que vous vous sentez sale ?

Il me tend un petit mouchoir de papier que je ne prends pas tout de suite.

Silence. Je ne trouve pas le courage de dire les mots *sali par la mort.*

Je n'ai pas le temps de t'expliquer.

Il m'a dit ça en voyant mes larmes couler. La voiture fonçait dans le crépuscule et sa trajectoire m'a semblé l'image même de la rectitude d'une loi impitoyable. À l'image du temps.

Lui tenait toujours à me rassurer quand il conduisait à toute allure. Sur cette route où nous roulions, disait-il, il était convaincu que nous étions pris en charge et protégés. C'était tout sauf clair pour moi, mais pourtant il réussissait à donner à ce qu'il disait cette sorte de foi qu'on rencontre souvent chez les hommes convaincus d'avoir à remplir une mission secrète, ou qu'ils croient telle. Leurs émotions ne sont jamais un obstacle, elles participent à l'aventure dont ils se disent les héros.

Je suis chez moi partout ici, ajoutait-il. Tu peux dormir tranquille.

Mais je ne dormais pas. La vie à ses côtés me donnait un premier aperçu du courage nécessaire pour affronter nos émotions. Je le comprendrais plus tard. Comme je saurais alors que la vie de chacun n'est jamais écrite à l'avance, et qu'il n'y a de vie banale que celle que nous n'avons pas décidé de vivre.

Enfant, j'ai longtemps cru pourtant que notre vie à la maison était une vie ordinaire. Disons, celle qui devait convenir à tous, celle que nous avions à vivre. J'ai longtemps cru ça plus tard encore. Une fois marié et père. J'ai longtemps cru qu'il fallait faire comme les autres, comme mes parents me l'avaient signifié de façon muette et bienveillante, travailler, gagner sa vie. Ne pas regarder ni envier les autres. Notre petite famille ne regardait d'ailleurs jamais les autres de haut, nous pensions sans ressentiment particulier qu'ils étaient toujours plus grands que nous. Et si nous, les enfants, pouvions aspirer à sortir de notre condition, c'était en nous élevant sur le même chemin droit que nous disions le nôtre tout en sachant inconsciemment sans doute qu'il ne nous appartenait pas, et avec la foi idiote qu'au bout de ce chemin imaginaire – celui que tracent nos névroses intimes et sociales – il y aurait un but à franchir, une arrivée glorieuse. Avec, pourquoi pas, des rubans colorés et un podium, comme celui des étapes du Tour de France où des cyclistes en sueur et hilares s'arrosaient de champagne en compagnie de jeunes filles en maillot lamé, au sourire fixe, au regard absolument vide et, je le pensais en regardant les retransmissions télévisées de ces arrivées triomphales du Tour, absolument désespéré. J'ai mis du temps pour réaliser que ce chemin n'existait pas vraiment. Pas comme ça. Qu'il n'avait jamais été si droit que nous voulions l'imaginer. Et qu'en réalité il peut arriver que nous ayons à emprunter le chemin des autres. Et en réalité aussi, je dois le reconnaître, notre vie à la maison était un peu étrange.

Tout partait de travers de façon imperceptible, alors que nous pensions de toutes nos forces tenir droit, et que nous étions repoussés toujours davantage vers l'immense territoire de notre solitude. Ce n'était pas forcément triste, ou ça ne l'est plus tout à fait à mes yeux aujourd'hui quand je nous revois ainsi, et que nous ressemblons alors aux petits personnages d'un film muet, appliqués sur une musique infernale à enchaîner les erreurs sans les voir, et entraînés inexorablement dans la mécanique d'un gag cruel qui leur échappe.

On s'aimait comme s'aiment les gens en vivant à l'écart, convaincus pourtant de vivre l'existence de tout le monde, et qui ne voient la vie de tout le monde précisément qu'à l'échelle de leur propre vie, réduite comme un de ces petits véhicules en métal peint que m'offrait mon père en guise de consolation après chaque visite douloureuse chez le dentiste.

Maman disait aussi *J'espère que dans la vie vous ferez mieux que nous*. Sur le moment nous n'avions pas compris. C'était terrible. Qu'elle puisse nous souhaiter cela nous paraissait évident, mais c'était terrible oui. Comme une vraie preuve d'amour, un aveu qui vous encombre le restant de vos jours. Car il n'est pas certain que ce soit ce qui s'est passé pour finir. Je veux dire qu'on ne peut mesurer la vie à celle qu'on dit avoir eue ou qu'on espérait avoir ou qu'on nous aura souhaitée. On a dû vivre avec ce que maman avait rêvé pour sa propre existence et qu'elle projetait sur nous depuis la rive d'où elle contemplait son vaisseau faire naufrage. Nous faisions sans doute semblant d'y croire pour elle. Sans savoir exactement de quel rêve il s'agissait. Nous faisons souvent ça pour nos parents.

Comme si la vie ne nous laissait pas vraiment le choix. C'est la vie qui nous possède, avec toutes nos défaillances, les nôtres mais aussi celles de nos parents, de nos familles dispersées dans le temps. La vie est plus grande que celle que nous vivrons jamais, plus épaisse et incompréhensible que tous les rêves que nous ferons. Et nous ne pouvons pas faire autrement que vivre avec la vie devant nous, toujours un peu trop ample, une taille au-dessus. Et dans laquelle nous flottons comme d'étranges cosmonautes largués dans l'espace noir et étoilé.

Oh mon chéri ! J'espère que tu ne vas pas tourner pareil. Il y en a trop qui tournent comme ça.

A répété maman en boucle après que les flics avaient ce jour-là débarqué dans notre petit immeuble, et qu'ils avaient sans ménagement emporté avec eux notre voisin du dessus.

Et laissé un vide effrayant.

Ce n'était pas du cinéma.

Ce voisin-là fut le seul, je crois, que nous ayons eu. Je veux dire, le seul que croisa notre existence comme pour l'apprivoiser. Pour tous les autres, ce fut *bonjour au revoir*, selon les mots secs de maman qu'elle jetait devant nous comme une formule apotropaïque censée nous protéger de l'intrusion étrangère. Mais lui vint nous apporter, comme s'il nous avait élus, la plus étrange pensée dont jamais voisinage se fût avisé. Maman répétait qu'elle le trouvait vulgaire et s'inquiétait des discours qu'il nous tenait. *Qu'est-ce qu'il va chercher encore ?* demandait-elle. Moi je l'ai peint comme ces personnages enluminés de jadis qui parcouraient des pays sauvages à la recherche d'un bonheur impossible. Étrangement, j'ai immédiatement su, comme on sait à dix ans des vérités inexplicables par ailleurs, qu'il était le jouet d'une illusion formidable et dérisoire à la fois, et qui sans doute lui fut impitoyable et le conduisit de défaites en déboires tandis qu'il luttait contre l'humiliation par davantage de foi encore. Une foi sans dieu qui lui communiquait un rire d'enfant. Il lui avait paru nécessaire, aussi bien pour l'éclat de sa gloire que pour le service des autres, de se faire à nos yeux si singulier, de nous apprendre à chaque heure du jour ou de la nuit, avec fracas, qu'il s'en allait par le pays, avec son automobile, ses chiens et ses deux fusils dans le coffre, chercher des aventures, et pratiquer tout ce que je pensais, enfant, que pratiquaient les chevaliers, redressant toutes sortes de torts, et s'exposant à tant de rencontres, à tant de dangers, qu'il avait acquis, en les surmontant, pensais-je, une étonnante renommée dans notre petit cercle familial inquiet. Il faisait un mystère de tout. Vantait la beauté des soirs. Se donnait quelques ascendants glorieux mais suffisamment vagues pour noyer les questions.

Jusqu'à ce bref matin blanc et froid où il fut arrêté par les flics. Avec les dernières étoiles dans le ciel. Comme des éclats de verre poli.

Souvent, au bruit qu'il faisait et à l'air qu'il agitait, maman avait menacé d'appeler la police mais elle n'avait jamais mis sa menace à exécution.

La police? Mais pourquoi? demandait doucement papa.

C'était le matin de bonne heure. La veille encore, à la même heure, nous roulions lui et moi comme des fous sur les petites routes départementales de la région. Nous faisions hurler le vent par les fenêtres ouvertes de l'automobile, et sous nos roues les plaines de luzerne et de maïs se déroulaient comme de jeunes parchemins à déchiffrer à toute vitesse avant qu'ils ne s'effacent dans la lumière bleue du ciel que nous abandonnions derrière nous.

Les yeux encore collés de sommeil, la bouche pâteuse, nous sommes sortis sur le seuil de notre petit appartement. Qu'est-ce qu'il avait encore fait ?

Ses mots de la veille sont revenus me frapper comme les pierres d'une fronde : *C'est la dernière fois. La dernière fois que je t'emmène avec moi.*

Les flics sont arrivés chez lui et l'ont embarqué.

On retenait notre souffle.

Quel boucan, a murmuré maman.

Ils l'emmènent, a ponctué papa d'une voix sourde.

Ils lui avaient juste permis de prendre le temps d'une douche et de se raser. Ils l'avaient forcé à rabattre ses bras dans le dos et lui avaient passé des menottes aux poignets.

Il nous a dit crânement au revoir dans l'escalier en nous croisant.

Ne vous inquiétez pas. C'est une erreur idiote. Je reviens très vite.

Je savais qu'il mentait. Mais je voulais y croire. Sa voix avait l'assurance d'un guerrier qui aurait subi un revers terrible et promettrait de revenir se venger. Et cela prendrait le temps qu'il faudrait. Il avait depuis longtemps élu domicile dans la salle des chances perdues. La vie était un jeu dangereux. Il n'avait plus que quelques heures pour trouver la clé qui le libérerait. Voilà ce que je me suis dit à toute vitesse tandis que ma gorge se nouait.

Nous sommes descendus en procession lente, derrière

les flics dans l'escalier, jusque sur le trottoir devant notre immeuble. Nous devinions aux fenêtres, derrière les mêmes rideaux hypocrites, les regards scandalisés des autres, et nous avons alors partagé la honte de son arrestation.

Je me suis souvenu de ce que nous disaient régulièrement nos tantes, les sœurs de maman, quand on apprenait un crime, quelque méfait, ou plus simplement quand l'un d'entre nous s'était mal conduit : *Ne cherchez pas, il y a un sale type qui sommeille en chacun.* Ça m'effrayait parce que depuis je le sentais en moi, ce drôle de gars prêt à tout. Et je ne comprends toujours pas aujourd'hui pour quelle obscure raison mes tantes avaient cette conviction d'une présence maléfique et tordue jusque dans les êtres les plus familiers qui appartenaient à leur cercle affectif, jusque dans nos minuscules corps d'enfants aux têtes d'agneaux mélancoliques qu'elles aimaient couvrir de caresses, de petits baisers accompagnés de reproches et de mots durs. On aurait dit qu'elles aimaient cette idée, qu'elles s'y raccrochaient comme à un bois perdu sur l'océan, pour expliquer ce que l'existence des autres, y compris et surtout, me semblait-il, celles des petits comme nous, avait pour elles d'étrange et de dangereux. La seule idée de la vie possible des autres, des enfants, leur apparaissait comme un obstacle infranchissable, presque douloureux. Nos petites ombres agitées faisaient des gouffres devant elles, comme les preuves d'un amour dangereux et inaccessible. Elles m'ont transmis la conviction que tout amour était coupable et devait demander son pardon.

Lui sortait à peine de son lit, il avait enfilé ses grosses chaussures montantes de chasse que je lui connaissais bien. Et il passait machinalement sa langue sur ses lèvres, comme un qui pense à un mauvais coup, pas tranquille ce matin-là.

Je me suis dit à cet instant que les flics lisaient dans les yeux de chacun d'entre nous et devinaient avec un instinct infaillible ce qu'on avait dans la tête. Longtemps, la police aura pour moi ce pouvoir de sorcier. J'ai cru également que s'ils ne m'embarquaient pas ce matin-là avec lui, c'était à cause de mon âge. Mais qu'ils *savaient*. Et que mon tour viendrait.

Les flics lui tordaient les bras, de chaque côté. Comme sur le point de le frapper. Il a disparu de nos regards. Et surtout, oh surtout, il nous a abandonnés à cet insupportable silence.

Le reverrions-nous ?

J'ai compris ce matin-là que c'était la fin de ma vie telle que je l'avais toujours vécue, quelques années à peine pourtant. Que très vite la vie n'était pas si fiable. Je veux dire la vie ordinaire et paisible qu'on s'imaginait vivre. Avec le sentiment auquel on s'accroche, à moitié naufragé, de vivre une vie normale et bonne sur une île perdue et hostile, tout en répétant en tremblant de peur *jusqu'ici tout va bien*.

Lui m'a jeté un drôle de regard vide en s'engouffrant dans le fourgon Citroën noir et blanc *Police*. On appelait à l'époque ces véhicules des *paniers à salade* parce qu'ils étaient, j'imagine, construits en tôle ondulée rigide, rappelant ces instruments de fer familiers qui servaient à secouer les salades lavées comme les antiques parois à claire-voie sur les fourgons cellulaires tirés par des chevaux autrefois. Et dans lesquels on empilait et secouait comme des salades les pauvres hères, les sans-logis, les cheminots et les cadavres des vies perdues et infâmes.

Les gyrophares projetaient sur nos fenêtres des éclairs déchirants et réguliers. La journée serait longue. Aucun d'entre nous ne comprenait ce qui se passait ni ce que *le Bon Dieu voulait*, selon l'expression consacrée de maman.

Quand il est sorti de l'immeuble encadré par deux policiers, il y avait du triomphe et de l'insolence dans son regard, comme Joseph qu'un roi d'Égypte aurait jeté, dit-on, au cachot. Un mage dont l'ultime dignité serait d'emporter avec lui ses secrets et ses mensonges. Une *expression diabolique*, aurait pu dire aussi ma mère à ce moment-là si elle n'avait pas préféré répéter alors en boucle à la façon d'un mage de foire, exultant d'assister à la réalisation de ses pires prédictions : *Je vous l'avais bien dit, je vous l'avais bien dit. Ça devait arriver.*

Le charme s'était rompu. Il m'a fixé pendant ce qui m'a semblé être une éternité. En réalité quelques secondes volées tout au plus. Je lui ai rendu son regard en rougissant. J'ai voulu me rappeler à toute vitesse ce que nous avions fait pour savoir s'il n'y avait pas eu à un moment donné quelque chose qui l'aurait rendu coupable, et par ricochet m'aurait fait complice. Mes yeux se sont embués de larmes. J'ai pensé au lièvre disparu dont il me faudra parler plus loin. À son petit cadavre qu'il avait su si bien apprêter, et qui avait pourtant fini nu et écorché dans la poubelle de notre cuisine familiale. J'ai pensé aux mots d'amour qu'il griffonnait au dos des reçus de caisse et des additions de bar quand la serveuse ou la caissière lui plaisait. Tu vas voir, me disait-il avec une foi inébranlable, elle s'en remettra pas. Et il sortait avec une lenteur calculée du magasin et l'assurance héroïque que la fille lirait ses gribouillis et le rappellerait avant qu'il n'ait franchi le seuil. Ça n'arrivait jamais. Du moins pas quand j'étais avec lui, comme le témoin impuissant de ses exploits. Mais il ne disait rien et poursuivait avec dignité sa retraite de vieux grognard en Sibérie, tout en me lançant un clin d'œil complice. Et quand il était bien sûr que personne ne nous entendrait, il avait la bravoure de reconnaître avec détachement : Je n'ai pas insisté pour ne pas la gêner. Elle pourrait perdre sa place, tu sais. Et d'un regard admiratif je tentais de lui prodiguer toute la reconnaissance dont il me semblait alors injustement privé, et jetais un regard noir à la fille harassée qui n'attendait jamais rien ni personne sinon la fin de sa journée de travail.

Je m'inquiétais à présent surtout pour cet homme plus âgé que moi et dont la destinée, pensais-je alors, s'était liée indéfectiblement à la mienne au fil des derniers mois de ma jeune vie. Il ne m'appellerait plus, il ne me donnerait plus rendez-vous pour aller faire un tour avec lui. On ne l'entendrait plus tourner en rond chez lui, au-dessus de notre appartement, en faisant un boucan de tous les diables, qui exaspérait mais occupait maman avec passion.

Sa femme, tout en renouant son peignoir chinois bleu et or, que je pensais être infiniment précieux, l'a regardé partir en silence avec nous. J'ai cru un bref instant volé au drame qu'elle m'avait souri. J'ai éprouvé une impression étrange, je n'ai pas senti qu'elle était affectée ni qu'elle aurait tout fait pour l'arracher à son sort.

Était-il vraiment trop tard ? Quelle légende avions-nous échafaudée qui venait de se dissiper comme la buée matinale qui sortait de nos bouches engourdies ?

Je suis resté muet pendant un long moment, mais j'avais compris quelque chose d'important : tout ce que nous étions pouvait disparaître à tout moment. Il n'y avait de sécurité que pour ce que nous gardions à l'intérieur de nous. Et encore, je n'en étais pas si certain.

J'ai essuyé mes yeux. Je pleurais sur moi, sur lui, sur nous tous.

Mais tu pleures ? m'a dit maman.

C'étaient des larmes. Déjà.

Oh mes amis, ce que je veux comprendre aujourd'hui c'est l'importance qu'aura prise cet homme jeune dans ma vie d'enfant. Il m'a précipité dans l'existence avec le sentiment que tout ne faisait que commencer. Quand lui probablement ne poursuivait plus déjà que des chimères et des rêves perdus. Nous traversions les vallées du Gers, chemins boueux, vapeurs argentées de l'aube, panneaux de signalisation rongés par la rouille, herbes vertes, et animaux nocturnes réfugiés contre des arbres solitaires. Et dans le rétroviseur, des villages qui rapetissaient, pas plus gros que des boîtes d'allumettes illuminées.

On se mettait à crier joyeusement toujours, dans la voiture, toit ouvert sur la nuit étoilée, tout en conduisant aussi vite que le permettaient les routes sinueuses du coin. Foncer vers des agglomérations, des fermes maigrement peuplées. J'aimais fixer le ciel gris des campagnes qui défilait à toute allure pendant que nous roulions. Et voir surgir les têtes hirsutes des vaches, saisies et découpées dans la lumière vive des phares. Nous nous sentions libres comme si nous venions de traverser victorieux, et de justesse, de terribles épreuves.

La grande virée est finie depuis longtemps. Je ne le comprends qu'aujourd'hui tandis que le chaman de la Contrescarpe tente de me faire dire dans quelle forêt obscure, dans quel pays inférieur j'ai bien pu me perdre. Ce qui m'a paru, enfant, comme les grands espaces d'une liberté à conquérir est devenu de la taille d'une pointe de flèche. Qui perce aujourd'hui mon cœur.

— Essayez de m'expliquer ce que vous voyez, me demande-t-il soudain.

— Le grand lac s'est transformé en trou de souricière.

On n'a pas eu besoin de m'envoyer dans l'espace pour que ma vie, depuis ma chute avec les morts, m'apparaisse dérisoire au spectacle de la Terre minuscule vue d'en haut par les astronautes. Un tout petit point bleu pâle, comme mon existence passée dont je me sens si loin à présent et que j'observe avec incrédulité.

Si on savait quelque chose de ce qu'on va vivre, avant de le vivre, je crois qu'on en perdrait la vie. J'ai pourtant, comme vous tous mes amis, toujours tenté de savoir ce que je vivrais, ce qui allait se passer pour moi. Sans me douter que c'était la question la plus dangereuse. Ce que la vie nous réserve. Et je dois reconnaître aujourd'hui que la vie ne nous promet rien, qu'elle n'avait rien d'autre pour nous que ce destin de l'espèce dans lequel nous nous débattons en oubliant de toutes nos forces que nous finirons tous de la même façon. Au trou. Dans la poussière ou les cendres. Les pires comme les meilleurs d'entre nous, avec les vers, les rats ou les oiseaux du ciel.

— Jamais la vie ne sera un lieu où se cacher, me dit doucement le chaman. Il nous est impossible d'être seul.

J'aimerais pouvoir lui répondre qu'on ne l'apprend que trop tard quand, par exemple, la mort brutalement emporte l'autre qu'on aimait.

Je me souviens des rideaux de chintz chez ma grand-mère, aux motifs d'arbres rouges et d'oiseaux noirs qui m'effrayaient. Que sont devenus ces rideaux à présent? Ont-ils gardé dans leurs plis ma peur d'enfant?

— À quoi pensez-vous? me demande le chaman.

— Je ne trouve pas quoi penser d'autre que…

J'allais dire *qu'à ces rideaux de chintz*. Qui soudain prennent tout l'espace de ma mémoire.

La mort une fois venue ne passe pas. Elle reste avec nous, dans nos bras vivants qui auront toujours le regret déchirant de ne pas avoir pensé à la repousser. De ne pas avoir eu la présence d'esprit et le courage de retenir la personne vivante lovée entre eux. Et malgré toutes les trahisons, les blessures et les coups reçus. On voudrait alors vivre la vie à la vitesse avec laquelle la mort emporte ceux qu'on aime. À la même vitesse exactement. Vivre comme on meurt. Aimer comme on meurt. Oui, puisque *l'amour est fort comme la mort*. Dit la Bible. Pas plus fort. La mort non plus. Pas plus forte. Le seul cri d'amour possible. C'est ainsi qu'on devrait vivre ensemble. Que l'amour ait très précisément entre nous la même force que la mort. Mais nous savons aussi que c'est impossible, depuis nos premiers pas aveugles dans l'existence, marqués immédiatement que nous sommes par le désir impuissant de retrouver le ventre maternel. Le souvenir de cette béatitude perdue qu'on a dû connaître et qui ne peut se retrouver. Nous raccrochant alors à l'idée d'un sommeil à venir qui ne serait jamais définitif, comparable à ce que disait maman de ceux qui s'étaient enfoncés dans la mort : *Ils se sont assoupis, mon chéri.* Ultime espoir fragile auquel on s'accroche comme des pendus dans le vent. Et une illusion formidable nous retient soudain comme un naufragé à son bois flottant, la mort pourrait n'être ainsi qu'une de ces pertes de conscience transitoires, quelques secondes jamais davantage, un petit assoupissement et nous pourrions poursuivre alors notre conversation, une partie d'échecs, une promenade, notre existence familière, sans nous apercevoir que quelque chose d'inhabituel venait d'avoir lieu. Quelque chose de définitif quasiment indécelable.

Je crois que c'est dans la Bible aussi qu'une voix s'élève pour dénoncer : *Tu as le nom de vivant mais tu es mort.* Aujourd'hui, relisant ces mots anciens, je ne perçois plus du tout leur menace. Ils me paraissent au contraire d'une plate évidence. La mort est dans le nom de vivant. Faut-il s'en effrayer ?

Il a encore disparu, s'inquiétait maman certains jours quand nous ne l'entendions plus.

Il nous cachait quelque chose, pensions-nous. Y compris de lui-même, comme je finirais par le comprendre. Il disparaîtrait quelques jours plus tard, et peut-être ne voulait-il pas que je le sache. Était-ce pour m'éloigner des preuves qui nous accableraient mutuellement ? Je crois que oui. Parce que je n'avais aucune idée précise de ce qui pouvait me manquer et que je cherchais à connaître avec lui.

Jusqu'à ce matin où il fut emporté, il finissait toujours par réapparaître pourtant, avec des marchandises, des biens que nous supposions interdits.

On racontait qu'il passait régulièrement un peu d'alcool et des cigarettes en contrebande, en allant chercher tout ça en Andorre, ou à la frontière espagnole. Mais lui ne s'en vantait pas. Il fallait bien joindre les deux bouts. Non, il préférait nous raconter que de mystérieuses affaires le jetaient sur les routes, et qu'il recevait ces présents comme les gages d'une action obscure qu'il menait au profit de certains. Mais chut… Il traînait dans de toutes petites villes de la région, en soulevant la poussière des rues. Il arpentait ainsi un triangle d'étrange douceur, de plaines et de vallons, jusqu'aux pics des chaînes montagneuses, qui reliait Toulouse, les Hautes-Pyrénées, le Béarn et le Gers. Un royaume comme un autre où défendre ses illusions et mener des missions connues de lui seul.

Mais depuis le matin où les flics sont montés chez lui, je ne l'ai jamais revu. Et j'ai longtemps attendu qu'il invente quelque chose qui m'aurait fait réapparaître à ses côtés.

Je ne l'ai plus entendu me dire *On va s'en taper des kilomètres*, avec l'assurance de ces chevaliers partis pour la même invisible destination et qui depuis longtemps confondent la quête et son objet. Me voici seul aujourd'hui. Tout chamboulé. L'automne sur les Pyrénées, la Gascogne et les champs du Sud, tout ça a disparu. Des années ont passé. Il m'arrive encore de repenser à lui. Je n'entends plus rien. Plus un bruit. Ça fait drôle d'un coup. Plus d'envie, plus d'inquiétude, d'agacement, plus d'irritation contre l'agitation invisible. Plus de présence autre qui était autant une promesse qu'une menace – ce qui en faisait le délice. *Où t'étais-tu caché Ami? Pareil au cerf, tu avais fui* (les vers de saint Jean de la Croix, lus des années plus tard). La nuit de l'absence. La lessive de l'existence. Quand on émerge rincé et essoré de quelque chose qui nous a tenu en haleine nuit et jour. Naufragé sur la même plage qu'autrefois nous rêvions de pouvoir quitter pour d'autres rivages plus excitants. On voudrait y croire encore. Quand il ne reste que le noir de cette disparition-là. Un effacement plein du vide de l'autre attendu ou aimé. Les soleils et les lunes passent. À quoi sait-on encore qu'il y a eu disparition? Aux cicatrices que cela nous a laissées. Maison silencieuse. Lieux déserts. Après la disparition de l'autre, un jour arrive où l'on sent qu'il ne s'agit après tout que d'un départ ordinaire, d'une petite séparation comme l'histoire du monde en est faite, des milliards de minuscules cicatrices, d'une absence nécessairement semblable à toutes les autres. Nous réalisons que nous sommes faits d'un millier de choses perdues ou qui nous ont été arrachées. On finit par se résoudre à habiter un triste monde de folies et de gentillesses futiles. Rien ne dure. Ça ne tient pas. Tout passe. Et un beau jour, tard le soir, on croit entendre une cloche qui sonne un seul coup, et dans le silence. Je suis le seul à l'entendre. Les dernières traces que laisse une absence comme celle-là, c'est moi qui les ai faites à la surface de la poussière, sur le sol désert autour de moi. Ce sont des dessins cruels et magiques. Comme le sable d'un sorcier.

Hidalgo de pacotille, avait dit maman un soir de méchanceté. J'avais trouvé ces mots magnifiques sans en comprendre la signification, ou plus exactement leur ironie. Je voulais tout ce qui brillait sur lui et que jalousaient les autres sans oser le dire. Je n'en voyais pas la fausseté. Et encore aujourd'hui, ce mensonge, cette illusion qu'il portait sur lui comme un suaire de foire, une parure dans laquelle il enveloppait le rêve qu'il poursuivait en vain, aujourd'hui encore, des dizaines et des dizaines d'années plus tard, ce mensonge demeure pour moi la part enfantine et nécessaire de toute vérité à vivre. Pour supporter d'avoir à franchir les seuils poisseux de l'existence, comme nous franchirions des cols neigeux où nos armées auraient été défaites.

Quelques jours auparavant, encore dans l'obscurité, nous roulions vers les prairies et les bois, avec toutes les musiques mélancoliques de la terre qui s'échappaient de l'autoradio. Direction sud-ouest. Jusqu'aux châteaux gascons autour de Valence-sur-Baïse. Les derniers insectes de la nuit s'écrasaient contre notre pare-brise. Moi j'avais un rhume d'enfant, ou était-ce l'excitation et l'émotion qui me faisaient monter les larmes et me bouchaient le nez. Il m'a tendu son mouchoir pas très propre tout en m'expliquant que j'aurais aujourd'hui mon baptême du feu. *Tu verras… Un grand jour. Sèche tes larmes.*

Il doublait à toute allure dans l'obscurité presque lumineuse de l'aurore des camionnettes poussives qui ramassaient sur le bord de la route ou des carrefours surgis des ténèbres des gars venus d'autres pays encore plus au sud, travailleurs saisonniers, exploités dans les vignes rousses de Gascogne. Les camions repartaient en cahotant sur l'asphalte, avec les hommes sombres blottis à l'arrière sous la bâche qui apparaissaient soudain comme des bébés ballottés dans un landau de fortune, sale et puant le diesel. Lui, accroché à son volant, profitait du défilé des plaines obscures pour me chuchoter à l'oreille des rafales de choses affectueuses comme j'imaginais que l'on se dit au seuil de grandes actions à venir. Je sais depuis ces jours que les mots ont une fonction. Les mots les plus simples, voire les plus idiots ou les plus tendres. Venir frapper la surface de notre silence. Et que si parfois, souvent, les mots sont creux, c'est pour pouvoir contenir le monde entier, toute la création dans ses plus infimes détails, ses faiblesses dérisoires. Comme tous les mots imbéciles et vains que s'échangent obstinément les familles et les couples. Dans le ciel, des oiseaux traversaient la nuit, à la vitesse du chagrin à dissiper, indifférents au reste du monde, mais je saurais plus tard que c'est moi qu'ils cherchaient, et je ne le comprenais pas encore, orphelin que j'étais de la connaissance antique des augures. Oh les oiseaux.

Après avoir dû quitter Nice pour le travail de notre père, nous habitions un petit immeuble dans les faubourgs de Toulouse. Façade de béton blanchi, volets verts de métal qui grinçaient quand nous les fermions pour la nuit (c'est-à-dire, pour maman, dès le goûter expédié au retour de l'école). Je n'avais peut-être pas onze ans et je me demandais déjà si nous bénéficierions d'une seconde chance, sans être bien certain d'avoir eu droit à une première. Mais, inspiré par les histoires de chevalerie que je dévorais le soir dans mon lit, je pensais que l'échec n'était jamais la fin, plutôt une étape obscure dans la réalisation d'un désir immense. La quête toujours relancée de château en château. Des ruines pour la plupart. Lui, notre voisin du dessus, se contentait de me conseiller prosaïquement, *accroche-toi et tu verras, ça ira*. Il me donnait l'impression de courir après quelque chose de très simple à ses yeux, et qui pourtant ne l'était pas. Il s'agitait tellement que nous pensions qu'il avait perdu quelque chose qu'il ne retrouverait jamais. Même si maman avait beau nous expliquer, sans pour autant nous rassurer : On retrouvera tout *là-haut*, mes chéris (et ses yeux se levaient au ciel). L'idée de la perte depuis que nous avions appris ça nous effrayait toujours davantage. Je crois bien que cette idée même qu'on pût retrouver tout ce que nous abandonnions dans la vie, tous les obstacles aussi rencontrés, nous empêchait de vivre. *Là-haut*, c'était le paradis. Pas exactement un lieu de plaisir ou de repos, aux yeux de maman, mais quelque endroit comme le bureau des objets perdus où tout nous serait implacablement rendu, *au centuple*, ajoutait maman le regard anormalement brillant. Mais par qui ? Nous n'osions le demander de peur d'ouvrir un abîme théologique. Moi j'imaginais des agents aux allures de vieux détectives, dissimulant mal leur cancer des poumons dans d'impeccables chemises blanches désuètes, boutonnées jusqu'au col. Chargés de réparer notre négligence, de retrouver et de nous rendre tout ce que nous avions perdu ou oublié. Ce qui nous avait été repris. Ils devaient à mes yeux vaguement ressembler à mes premiers instituteurs en blouse grise qui nous enseignaient la géographie ou les mathématiques la clope au bec, dans un épais nuage de fumée, ou à l'énigmatique préposé du guichet Poste restante, au bureau du coin, et qui, sans que je sache très bien pourquoi, me serrait invariablement le cœur quand je le voyais passer sa main sur les piles de lettres en attente, ou perdues, que n'ouvriraient jamais leurs destinataires. Je crois d'ailleurs n'avoir jamais vu personne venir lui réclamer une quelconque lettre ou un colis. Eux *là-haut* nous restitueraient tout en silence avant de crever eux-mêmes confinés dans une des chambres obscures et vides du paradis – comme il y en a de nombreuses, paraît-il, et toujours davantage à mesure que nous abandonnons sur terre l'idée même d'un tel lieu. Chaque croyance délaissée ici-bas ouvre là-haut sur des lieux désaffectés, des chambres désertées, dans lesquels bien souvent s'entassent nos regrets les plus douloureux. Mais nous récupérerions tout, affirmait maman avec foi. Amours, chance, souvenirs, bibelots brisés, argent perdu, destin manqué, sentiments envolés... On retrouverait tout mais sans jamais avoir la certitude qu'il s'agisse exactement des mêmes choses, qu'il s'agisse bien de celles qui nous avaient appartenu, comme le pauvre Job à la fin de son histoire. Il reçoit tout encore plus qu'à ses débuts, nous dit la Bible. Troupeaux, fils et filles. Mais il n'est pas dit que ce soit celles et ceux d'avant le désastre, ni même qu'il retrouve sa femme.

Tout nous serait restitué, pas forcément en état. Fonction magique et désespérée que j'attribuerais plus tard également à la littérature.

Reprenons. Ce soir-là, alors que notre voisin et moi rentrions de ce qui devait être une expédition de chasse jusqu'aux contreforts de la Gascogne, maman, en me voyant arriver devant chez nous, *dans un état abominable* (ses premiers mots ce jour-là), s'est effondrée d'un coup sur le trottoir au pied de notre immeuble. Je me souviendrais beaucoup plus tard, en écrivant ces lignes, des quelques vers de Dante qui précèdent son entrée dans le Royaume des ombres, et que je traduis aujourd'hui comme cela :

La terre en larmes a donné le vent
dans un éclair une lumière rouge
laquelle en moi a vaincu chaque sentiment
et je tombai comme qui le sommeil emporte.

Oui, maman est tombée sans prévenir.

Sur le moment, involontairement je crois bien, je l'espère toujours, nous avons ri haut et fort. C'était irrépressible tant la chute d'autrui nous renvoie à nos limites, à ces frontières à l'intérieur desquelles nous nous débattons avec l'inconscience de papillons de nuit pris par la lumière des lampes, et qui viennent se suicider en frappant de façon désordonnée et vaine contre les parois des fenêtres illuminées.

Ce n'est pas un évanouissement. Pas exactement. Je n'appellerais pas ça un évanouissement. Regardez. Un état de choc peut-être. Une grosse fatigue. Regardez, nous a encore dit notre voisin volubile. Elle dort à présent. Elle dort.

Notre voisin s'étonnait avec science.

Impossible de réveiller maman. Nos rires malheureux se sont alors étranglés devant la respiration douce et léthargique de cette femme.

Que faire ?

Alors que nous reprenions notre souffle et une vague dignité dans la scène étrange qui se déroulait sous nos yeux, notre voisin n'en finissait pas de proposer des explications à ce phénomène étrange. On n'avait jamais mis à son crédit tant de connaissances physiques et du cerveau. C'était, devant le corps brutalement assoupi de maman, une de ces exhortations dont il avait le secret à propos de tout et de rien. Et c'était surtout bizarre pour maman qui avait toujours eu tant de mal à s'endormir chaque soir, et qui nous le faisait lourdement savoir par des plaintes régulières. Pas de chance. Chacun d'entre nous se demandait en silence ce que pouvait signifier ce sommeil impromptu qui nous laissait entre rire et effroi. On savait bien que maman se réveillait en pleine nuit, le cœur serré d'une solitude atroce, et qu'elle entendait, disait-elle, descendre du ciel noir ce qu'elle appelait tout bas *le Grand Machin*.

La peur la faisait dérailler. Mais elle-même ne parvenait jamais à nous expliquer la peur de quoi. J'ai très vite deviné à ses côtés que la peur, la vraie, n'avait pas d'objet. Que la peur était le sujet secret, la noire héroïne d'une existence. Une de ces créatures vagabondes, abandonnées depuis les débuts du monde, en attente d'une reconnaissance ou d'une adoption quelconque, et qui traîne à nos basques jusqu'au trou noir. Trop tard alors pour apprendre ce qu'elle avait à nous dire. Pour découvrir quelle compagne avait été la peur aux côtés de notre mère.

La nuit tombait. On a dû ainsi se résigner à remonter maman chez nous (dans leur chambre, a demandé d'une toute petite, toute petite voix papa, et sur leur lit à couverture bleue) avant même qu'elle ait pu reprendre connaissance. On s'y est pris à plusieurs fois en bas des marches. Maman était grande et mince mais sa torpeur la rendait plus lourde, et elle ne se réveillait toujours pas. On n'allait quand même pas la laisser sur le trottoir. Lui est venu à notre secours en répétant une fois encore qu'on ne devait pas s'inquiéter. On se sentait tout bête sans trouver quoi lui opposer. On ne savait pas si c'était bien de laisser ce type-là venir à notre aide, de lui laisser tripoter les chevilles et les pieds de maman. Avec papa qui avait rabattu la robe de notre mère sur ses longues jambes. On n'avait pas le choix non plus. Pas d'ascenseur. Il n'y en avait pas dans ces petits immeubles des faubourgs construits à la hâte dans les années cinquante qui ont suivi la guerre. On a monté les escaliers tant bien que mal en tenant qui les jambes qui les bras. On devait la soutenir, maman n'arrêtait pas de glisser.

Attention à sa tête ! Au coup du lapin, a dit encore doucement papa avec une inquiétude qu'on ne lui connaissait pas.

Nous avons procédé à une élévation du corps de maman. Comme ça, en sueur, en soufflant, et avec un drôle de sentiment de culpabilité, jusque devant notre porte, l'appartement 5 au troisième étage. Le corps de maman penchait dangereusement, tanguait comme une petite barque sur les invisibles flots de notre affection vaguement coupable. Le soleil du soir rasait les murs d'une lueur à peine dorée. On se rééquilibrait avec difficulté en se retenant d'une main à la rampe de l'escalier, descellée par endroits. Nous y mettions du cœur pourtant, et maman semblait sous hypnose, supportant vaille que vaille, sans broncher, les cahots et les déséquilibres, comme ces corps en catalepsie dans certains spectacles de magie qui semblent s'élever du sol sous la seule volonté d'illusionnistes vêtus d'argent scintillant, le regard souligné par un fard à paupières charbon, et le tout noyé dans une fumée ouatée et colorée.

Le ciel a d'ailleurs viré au pourpre à ce moment-là.

Ouvre la porte ! m'a crié dessus papa. Dépêche-toi.

Co... co... comment je... je fais ? j'ai répondu en bégayant.

Et mon père a soupiré.

C'est lui, l'homme qui nous aidait, notre voisin, celui dont j'aimerais raconter l'histoire à présent, c'est lui venu à mon secours qui d'une main a réussi, héroïquement à mes yeux, à baisser la poignée et à pousser la porte.

Oui, c'est ça, c'est ouvert, a crié papa de soulagement.

De l'autre main, notre glorieux et compatissant voisin tenait toujours maman par la cheville droite. C'est alors que nous nous sommes aperçus que maman avait perdu un escarpin dans l'escalier. Son pied nu, les ongles de ses orteils peints en rouge, dans la proximité intime de la main d'un étranger à notre petite famille, nous a terriblement gênés. On a éprouvé une honte cuisante devant cette nudité dévoilée, jusque dans la chambre où nous avons enfin réussi tant bien que mal à déposer le corps assoupi de maman.

Mais moi je pensais à tout autre chose. Redescendre le plus vite possible dans la rue rechercher ce que j'avais dû abandonner sur le trottoir dans l'agitation provoquée par la chute mystérieuse de maman. Je devais absolument retrouver ce que je venais de laisser avant qu'on ne l'emporte. Ou qu'il ne disparaisse de lui-même. Qui sait ?

La machine terrestre ne tournait pas rond. Pourtant la journée avait si bien commencé. Et je ne savais pas à présent si on allait réussir à tirer maman du sommeil. Ni quel destin m'attendait pour les années à venir. Je me faisais l'effet d'être le diable en personne. Un de ces petits malins dans les fêtes qui truandent les badauds avec deux ou trois tours de magie ridicules et des paroles toutes prêtes. Et qui finiraient un jour par commettre de plus graves méfaits. Moi qui rongeais toujours mon frein, comme disait déjà avec inquiétude maman à l'époque sans que je comprenne tout à fait la signification de ces mots. Je m'imaginais déjà sur la grande roue scintillante de la foire de l'existence, dans la nuit, et qui ne s'arrêterait plus de tourner. Je ne comprenais pas encore que la roue devait inéluctablement s'arrêter un jour ou l'autre.

Notre voisin m'a lancé un regard inquiet. J'ai compris le signal avec le zèle d'un disciple. J'ai dévalé les escaliers, le cœur et la gorge en feu, pour rejoindre la rue et récupérer mon petit cadavre, ma *victime*.

La veille au soir, il avait surgi devant moi dans l'escalier de l'immeuble et m'avait demandé de me tenir prêt le lendemain de très bonne heure.

Je t'emmène à la chasse.

L'assurance de sa voix montrait que sa décision était irrévocable. Je devais obéir.

N'y compte pas ! m'avait dit maman.

Il s'en était tiré en promettant de rentrer avant la nuit. Maman devant lui resta muette. Lui attendit un long moment que le silence ait absorbé jusqu'au dernier craquement du plancher de l'entrée de notre appartement, où il se tenait, déjà victorieux. Ce silence, faisait-il comprendre avec un petit sourire, valait approbation. Il est reparti sans rien ajouter et maman a faiblement protesté derrière son dos : Il ne referme jamais les portes !

Quand je suis seul aujourd'hui, je repense à ces moments et je redeviens lui, c'est-à-dire : démon, drôle, menteur, sale, ridicule, victorieux, vulgaire, violent, et avec stupeur je m'entends vivre sa vie par contagion, encore des années plus tard. Oh mes amis, comme il arrive parfois que l'on soit gêné d'entendre soudain sa propre voix enregistrée, chanter ou même juste parler, murmurer des choses inaudibles, et de ne pas se reconnaître tout à fait. Je n'ai jamais aimé entendre ma voix. Même si je la reconnais bien pourtant comme ma propre voix enregistrée, comme je reconnais alors sans la reconnaître ma propre vie quand je revois fixée dans ma mémoire la vie avec lui, à présent que je suis seul dans la nuit, que j'entends encore ma vie avec lui comme il m'arrive d'entendre ma propre voix en me demandant qui parle avec cette voix-là sinon un inconnu, un paria, et de me dire cet inconnu, ce paria, c'est moi, et qu'il s'agit pourtant de la mienne, cette voix, et oh cette vie que je ne savais pas être celle-là, alors alors, oh mes amis, alors c'est effrayant.

Il me manque toujours même si je ne l'attends plus aujourd'hui. Autrefois, il me manquait en l'attendant.

Oui, je sens mon cœur accélérer en racontant cette histoire. Sombre toujours est la nuit. De façon banale et stupide je me suis longtemps représenté l'existence comme une maison hantée. Impossible de deviner quand notre voisin allait frapper et m'appeler à travers la porte et les murs. Mais je sens parfois qu'il est revenu. Et je suis le dernier peut-être à me souvenir de lui. Il aura gardé la manière souple de jeter son blouson sur l'épaule comme lorsqu'il sentait, disait-il, que la chance lui souriait. Il laissera toujours entrevoir au fond de ses yeux sombres un vide, une absence, quelque chose ou quelqu'un d'oublié. Et un combat perdu. Le revoilà. Vous l'aurez reconnu, mes amis, mes amis. Il aura traversé les vastes prairies du temps. Avec peut-être encore, tout au fond de lui-même, le vent des bois rouges d'octobre, le grincement des arbres, l'odeur des trous d'eau où viennent croupir les restes d'un été brûlant. Avec toute sa jeunesse, oh toute notre jeunesse palpitante comme un petit animal capturé dans nos bras. Après ces longues années, après toutes ces heures, ces jours perdus, il revient avec le sentiment, pas si désagréable finalement, que le chemin des œuvres durables n'est plus si certain, et que réapparaîtra en travers du peu de route qu'il me reste à accomplir un fantôme joyeux comme lui, féroce et bien vivant, aux paroles à peine déchiffrables, et qui m'arrachera un oui ou un non, la victoire ou la mort.

J'ai longtemps guetté sa présence dans les yeux nostalgiques de ma mère. Nul n'a plus parlé de lui une fois qu'il fut quelques jours plus tard embarqué par les flics. Jamais. Et on n'avait pas trop parlé de lui entre nous avant, sinon pour s'étonner, presque soulagés, de son insupportable présence, de ses éclats. Était-ce parce qu'il nous suffisait de l'entendre, au-dessus de chez nous, comme on entend parfois un animal dans un grenier ou sur le toit, un rat ou un loir, pour avoir à craindre sa présence comme on redoute, après l'avoir appelée et espérée silencieusement toute la nuit, celle d'un esprit qui se manifeste ?

Je pense toujours qu'il va finir par réveiller ma mère, encore aujourd'hui. Et depuis ce temps déjà lointain, alors même que plus personne ne la réveille au-dessus de chez elle dans la plaine à l'ouest de Toulouse, depuis de longues années déjà, et qu'elle a tant vieilli, maman tourne en rond doucement en se plaignant toujours du bruit dans un silence de sépulcre, de rues vides, d'automobiles lavées immanquablement chaque semaine, et de géraniums aux fenêtres – décor propre à certaines banlieues pavillonnaires conçues à l'origine pour de jeunes familles modestes et qui ont vieilli avec leurs propriétaires.

Maman est devenue la seule à l'entendre encore aujourd'hui.

Tout ce boucan, disait-elle déjà. À cette heure-là, c'est impossible. Que fabrique-t-il ?

On entendait ses pas qu'on essayait de suivre dans le noir, au-dessus de nous, avec le souci obsédant de deviner son itinéraire minuscule, cherchant la direction empruntée dans le petit trois-pièces qu'il occupait, réplique exacte du nôtre. Le couloir étroit, la cuisine, la chambre sans doute, la salle de bains... On se surprenait à guetter le bruit de la douche ou de la chasse d'eau. Et puis ? On l'imaginait tout à son refus d'abandonner une position que nous savions par ailleurs insoutenable. Repousser chaises et table. Ouvrir et claquer les portes des placards et des chambres. Jeter ses mégots par la fenêtre.

Aujourd'hui je ne suis pas certain d'avoir encore envie de me lever pour le rejoindre. Et pourtant je sais déjà, mes amis, que je ne supporterai pas non plus de l'entendre partir sans moi. Avec ses chiens et ses fusils. Le copieux casse-croûte préparé la veille, le tout accompagné d'invraisemblables commentaires gastronomiques. Les portes de l'automobile qui grincent. Alors que l'aube se lève à peine, avant qu'on ne voie s'étirer ce mince rayon, pas toujours lumineux, qui annonce le jour neuf et ses batailles.

Lui c'est moi.

C'était nous. Notre monde.

C'est encore vrai et effrayant aujourd'hui. C'est ce que je voulais, je sais. Ne pas l'oublier. Jamais. Lui et toute cette joie bruyante, jusqu'au mal que nous faisait cette joie. Je n'ai compris que plus tard ce qu'il avait dû représenter pour le petit garçon que j'étais, l'ombre qu'il aura portée avec son habit de lumière sur mon existence entière, probablement jusqu'à la fin. Mon insatisfaction dévorante de petit homme que ni ma vie d'adulte, ni mes études, mon travail, ni mes voyages, mes amours n'ont jamais réussi à me faire oublier. En vérité je suis perdu quand je repense encore à lui. Je ne sais quelle signification donner à tout ça mais je sens bien qu'il faut que je me tienne précisément là où, en existence, je suis perdu.

Je crois bien qu'il viendrait encore pour chercher le petit garçon que je ne suis plus.

— Vous a-t-il jamais donné signe de vie depuis ? me demande soudain le chaman de la Contrescarpe.

— S'il devait le faire, je ne manquerais pas de vous prévenir, dis-je en imaginant que mon trait d'esprit l'embarrassera.

Et j'imagine pour la première fois, je crois, mon héros vieilli. Le dos rompu et tordu. Les mains nouées incapables désormais de saisir un fusil. L'œil vague et faible qui ne peut plus viser sa cible. Et sa belle Renault Torino, coupe ZX, un modèle argentin, envoyée à la casse depuis des années, avec toutes les carcasses de nos espoirs jamais aboutis.

— Pourquoi dites-vous qu'il a disparu ?

On raconte que chaque année en France plus de quarante mille personnes disparaissent. Un quart d'entre elles ne sont jamais retrouvées. Mais savoir cela n'arrange rien. Le chaman cherchait sans doute à m'entraîner sur d'autres voies. Sous ses doigts, me faisait-il comprendre, il sentait que quelque chose ne passait pas. Une peau dont je ne me débarrassais pas. Mais une peau imaginaire, celle que tissent le chagrin et le souvenir.

— Je vais vous dire comment je vous vois dans la vie, à présent. Vous habitez une gare désaffectée, et vous vous passez des films de trains pour leur dire adieu de la main une dernière fois.

J'avais compris. Nous faisons semblant de croire une chose possible précisément parce que nous la savons impossible, et afin de créer un ordre qui n'existe pas.

Je lui réponds que je sais bien que c'est absurde de s'accrocher comme ça à des choses qui n'ont pas de sens. Je n'ai pas besoin de lui pour le comprendre.

— Et si cet homme devait revenir un jour ? Imaginez qu'il soit là. Qu'il revienne. (Un silence.) Comme vous imaginez que les morts reviennent...

— Il se tient debout et frappe à la porte, je réponds.

— Quelle porte ?

Mais de quelle porte s'agit-il sinon de cette porte perdue au fond de moi ? De cette porte marquée du sang de la vie.

Maman certains soirs exprimait ça ainsi : *la vie est une maison qui ne nous appartient pas*. Avec une porte dont nous n'avons pas la clé. Je voyais bien que maman se barricadait comme pour ne laisser entrer personne. Et un jour ou l'autre, à cette vieille petite porte que nous croyions avoir condamnée, on frappe, *on a frappé* !

On entend aussi la porte de notre cœur qui bat, qui pulse.

— Qui a frappé ? demande le chaman en accentuant la pression de ses doigts sur les muscles de mon bras.

— C'est *lui*, c'est encore *lui*.
Y a quelqu'un? demande la voix derrière la porte.
Et aucun d'entre nous n'ose répondre : *c'est ouvert*.

Mes amis, mes amis, il m'arrive encore de me demander, des années et des années plus tard, si ce n'est pas lui au-dessus, en pleine nuit, qui revient à la vie, qui sort de l'ombre, qui fait tout ce bruit. Qui chante. Qui braille. *Tu l'as eu ! Tu l'as eu !* Qui m'appelle encore. Je me réveille. Et lui qui s'époumone là-haut : *Qu'est-ce que tu fous ? Viens. Je ne veux pas arriver en retard là-bas.* On visait le lever du soleil. *Biches et gazelles des champs, ne réveillez pas Amour avant...* Déjà le moteur de l'automobile ronflait. Je me lève et tire les rideaux de la chambre. La nuit s'étiole en effeuillant sa pâleur de charbon. Je jette un œil à travers les volets. Très peu de nuages dans le ciel. Très peu de nuages. Un bon jour pour aller chasser.

J'ai cinquante-huit ans quand j'écris ces lignes. Quand le chaman que je suis allé consulter à Paris murmure à mon oreille en me touchant le bras par petites pressions des doigts, *Laissez partir les morts.*

Il faut aimer nos morts, disait ma grand-mère quand elle nous traînait jusqu'au cimetière du Grand Jas, au-dessus de Cannes, où elle serait enterrée à son tour quelques années plus tard, parmi les immenses cyprès noirs qui bordent paisiblement les tombes comme des guetteurs géants. La certitude de la présence des morts, je crois, donnait du sens à la précarité de sa vie. Comme de savoir sans doute qu'elle finirait là, à son tour. *Avec grand-père et maman*, nous disait-elle. Mais j'ai trouvé surhumain d'avoir à aimer ceux qui nous avaient quittés. À l'époque, j'avais dix, onze ans peut-être, et les seuls morts que je connaissais, je les avais vus au cinéma ou découverts dans des romans d'aventures. J'accueillais les morts dans les histoires avec enthousiasme et excitation, mais j'avais du mal à me les représenter dans la vie de tous les jours, parmi nous.

La mort avait en ce temps-là pour l'enfant que j'étais

un caractère expéditif qui donnait du sel aux histoires que je me racontais. Je liais la mort à l'héroïsme et je voulais de toutes mes forces faire la connaissance de quelqu'un d'héroïque. Je pensais que notre voisin du quatrième l'était. Et je suis toujours certain qu'il l'était. Mais je réalise aujourd'hui qu'il appartenait à cette race (la seule en réalité à mes yeux, et encore aujourd'hui) de héros burlesques et désespérés devant leur miroir, qui passent leur vie à tenter de regagner la foi en eux perdue aux instants obscurs de leur petite enfance. Qui croient dur comme fer aux mensonges qu'ils s'inventent pour supporter les assauts du réel. Mettant la foi elle-même au-dessus de ses objets ou de ses dogmes. L'héroïsme était de croire, peu importe en quoi pour finir. Aujourd'hui je suis beaucoup plus âgé qu'il ne l'aura jamais été. Aujourd'hui je pourrais être quelque chose comme son père, ou son oncle. Aujourd'hui je le pleure comme on pleure cet enfant, cet amour, cet ami trop tôt parti. Ou plus exactement, comme on pleure ce soldat qui n'est jamais revenu de combats dont lui seul avait connaissance, dont lui seul savait l'urgence. Aussi certain d'ailleurs que le retour vers l'enfance ne se fera jamais.

Je ne pleure plus parce que celle ou celui qui est mort ne reviendra pas (j'ai compris, j'ai accepté), mais je pleure à présent parce que le départ de l'autre a réveillé l'abandon de l'enfance. Et longtemps, je dois l'avouer, je n'ai rien voulu savoir de ce qui s'est passé, *là-bas*. Je veux parler de l'enfance, la mienne. J'ai compris en répondant aux questions du chaman qu'il était possible que j'aie traversé mon enfance comme ça, en aveugle, les bras le long du corps, front moite, les jambes désespérément lancées dans le vide devant moi, un peu à la Chaplin, avec la foi naïve que personne ne pourrait me rattraper. Surtout pas mon enfance que je fuyais.

— Vous croyez qu'une fois que vous aurez toutes les réponses aux questions que vous vous posez, vous serez libéré de votre chagrin ? me demande le chaman. Vous pensez encore, après toutes ces années, qu'il y a nécessairement des réponses à toutes les questions que nous nous posons ?

Ou ma vie alors se refermerait comme les mâchoires d'un piège à fauve. L'enfance n'étant pour finir, dans notre vie adulte, qu'un lieu indéfini et vague, une terre abandonnée où errer, où partir sans destination précise.

Je ne savais pas qu'il y a toujours quelque chose, souvenir, pensée bizarre, regret, ressurgi de l'enfance, pour venir nous désarmer dans une ruelle obscure de notre existence. Tandis que nous assistons avec un étrange soulagement au spectacle de notre détroussement par cette petite silhouette familière du petit garçon ou de la petite fille que nous avons été, et que nous laissons inévitablement s'enfuir après son forfait, avec l'espoir cruel qu'il ou elle réapparaîtra encore. Parce que sans doute, comme l'assassin, l'enfance revient toujours sur les lieux de son crime.

Ma vie a voulu que je fusse particulièrement attiré dans ma jeunesse par cette catégorie d'hommes, disons capables d'étendre autour d'eux des nappes de terreur et de joie, d'excitation, de brutalité. Des hommes sinueux, déclamatoires, bruyants, divertissants. D'une permanente adolescence, et que j'ai toujours imaginés avec ravissement comme flétris, porteurs de reliques d'anciens désastres, revêtus de la seule écume de tout jeunes abîmes : guerres avortées, études abandonnées, famille oubliée… Autant d'impasses, d'échecs ou de victoires impossibles que ces hommes-là tiennent pour des actes de gloire. Sans doute connus d'eux seuls. Ils ont comme un feu dans le regard parfois, certains de vouloir changer de vie, d'emprunter des routes nouvelles, même si pour finir ils resteront à l'extérieur de leurs rêves, à la périphérie des combats qu'ils auraient aimé mener.

Oh mes amis, mes amis, comme me manquent aujourd'hui, dans cette presque nuit tombée, ces rêves déjà perdus de batailles qui n'auront jamais eu lieu que dans nos cœurs fatigués. Des rêves qui traçaient pour nous des destins d'hommes forts et aventureux, vus au cinéma ou dans les yeux rieurs, trompeurs, de quelques-uns rôdant sur les trottoirs dans un nuage écœurant de tabac et d'after-shave bon marché. Lui nous paraissait convaincu de ses mensonges, de ses illusions, dont il faisait des actions d'éclat imaginaires, toujours à peine sorti de cette jeunesse obscure, que la société française de ces années-là voyait grandir et dont elle avait (déjà) une secrète épouvante. Elle produisait des fils perdants et résignés à des fins de mois difficiles. Que j'ai crus longtemps investis de missions secrètes, comme défendre d'imaginaires citadelles, mener des guerres éclair dans la nuit de nos existences informes. Nos pères, nos frères, nos oncles, mes amis. De ces employés qui n'attendaient au mieux que ça : partir chasser.

J'y vais. Il m'attend…, ai-je dit ce matin-là après que notre voisin avait proposé de m'emmener avec lui.

Maman est restée figée sur sa chaise dans la cuisine, et regardait dans le vide.

Elle n'a rien répondu.

Je pensais à ce qu'il disait. On ne peut pas voyager sérieusement, découvrir la vie le cul sur sa chaise. Je suis sorti de la pièce. J'ai traversé le petit vestibule étroit et sombre, suis passé devant les manteaux accrochés au mur comme les peaux abandonnées de la petite famille. J'étais à la porte. J'ai enfin entendu maman derrière moi. Je me suis retourné.

Est-ce que tu vas me dire ce que vous trafiquez tous les deux ?

Tu sais bien…, j'ai répondu.

Mais je ne savais pas exactement moi-même.

Lui consacrait une bonne partie de son temps à ne rien faire d'autre que rêver à d'impossibles exploits. Il faut y aller. Faut sortir, mettre le nez dehors si on veut réussir, affirmait cet hidalgo gascon dont je ne veux pas me rappeler le nom. De crainte sûrement de finir par apprendre quelle fut sa triste fin. Vous dire qu'à mes yeux, mes amis, il fut de ceux qui avaient encore lances et fusils au râtelier, une automobile amoureusement bricolée le dimanche après-midi sur le trottoir, quand nous pensions, dans l'inconscience de notre ennui, à la possibilité d'en finir, et des chiens de chasse bruyants qui m'effrayaient.

Je n'ai rien ajouté et j'ai claqué la porte.

Quel boucan ! a soupiré maman.

Je savais une seule petite chose. Quand j'étais avec lui, j'oubliais les questions auxquelles il m'était déjà douloureux de répondre.

Notre hidalgo frisait la trentaine, j'imagine. Il faut savoir que, dans les moments où il restait oisif, c'est-à-dire à nos yeux à peu près toute l'année, il s'adonnait à tant de récits de ses exploits obscurs, avec tant de bruit et de plaisir, qu'il en oubliait presque entièrement les devoirs de son emploi de salarié d'une société d'assurances. Sa curiosité et son extravagance arrivèrent à ce point qu'il ne voulut plus que sortir de chez lui, déserter le bureau, quitter la ville, courir les bois et les prés, fusil à la main, les chiens devant lui, la truffe au vent. Et qu'il m'emporta, enfant, dans sa rêverie comme dans une glorieuse défaite. J'étais conquis. Il était de ces chevaliers oubliés par leur époque, le regard fixé sur des montagnes invisibles où eux seuls voient les repères des lignes ennemies. Et qui ont enfoui très jeunes les cuisantes raclées d'un destin mal ficelé dans une petite France qui ne laissait déjà pas trop d'espace à ceux qui n'ont pas grand-chose.

On le soupçonnait d'être encore en train de préparer un départ, une virée sauvage. *Demain, la chasse est ouverte*, hurlait-il.

Ce bruit ! se plaignait encore maman.

Tout ce bruit à des heures impossibles. Il ne s'excusait jamais. Pas son genre. Convaincu bravement de sa noblesse. Bien sûr, pour détourner ce qui pouvait apparaître comme notre ressentiment et qui ne faisait que dissimuler notre excitation de voyeurs, il pouvait toujours inventer quelque chose, une chanson, un bon mot, un tour, quand nous le croisions dans l'escalier de l'immeuble ou dans la rue. On tombait systématiquement dans le panneau. On faiblissait. Regardez bien. Vous voyez ? Vous voulez ? demandait-il crânement en faisant apparaître devant nos yeux des montres d'acier, des blousons de sport, des bouteilles d'alcool, des biens que nous imaginions coûteux, comme un saint prestidigitateur montrant d'hypothétiques œuvres, ses fruits et ses grâces d'une sainteté sauvage, arrachée au néant qui nous entourait. Des riens changés en minuscules preuves de son habileté et de son élection. Où était-il encore allé chercher tout ça ? demandait-on. Avec quel argent ? Il se sentait sauvé dans sa défaite. Ça, qu'il exhibait comme des trophées, cela lui appartenait, c'était lui. Il chantait à tue-tête des chansons qu'il n'achevait jamais. Il va bien finir par se taire un jour ? interrogeait maman avec angoisse. Mais tout au fond de nous, quand le silence revenait, quelque chose s'inquiétait qu'il eût pu cesser définitivement d'être celui-là. Bruyant. Odieux. Ravissant.

Il m'attendait et faisait ronfler le moteur de son automobile. Je l'ai rejoint dans la nuit qui s'effilochait lentement dans le ciel au-dessus de la ville. J'étais heureux. Je n'avais aucune idée de ce que nous allions faire.

Dans l'automobile, il m'a regardé du coin de l'œil bizarrement. Je crois bien que c'était la première fois que je m'engageais ainsi auprès de lui. Son regard était celui d'un homme qui évalue ses chances à l'instant de miser.

J'espère que tu ne me feras pas regretter de t'avoir emmené, m'a-t-il dit.

Je lui ai rendu son regard en rougissant.

Qu'est-ce qu'il y a ? ai-je bredouillé.

Je me sentais misérable soudain. Mes yeux s'embuaient de gêne et de larmes. Sa femme était descendue nous faire un petit signe de la main. Je lui ai souri. Il m'a dit : Ça c'est une femme, tu vois. Je n'ai pas su quoi répondre. Pourquoi me disait-il ça ? Mais de loin, alors que l'automobile s'avançait dans l'obscurité, j'ai rendu son sourire à cette femme comme si je lui faisais une promesse dont j'ignorais l'enjeu.

Dans l'accélération de la vie vers sa chute, l'enfance demeure en phase d'expérimentation. Comme suspendue, arrêtée dans son élan. C'est elle qui guide depuis le commencement les travaux de notre chantier émotionnel. J'ai mis du temps à comprendre que l'enfance donne presque toujours du courage à ceux qui la vivent sans lui demander de comptes. Comme pour l'achever. D'un coup. Estocade dans la croix. L'enfance comparable au taureau foudroyé dans l'arène de notre vie. Comparable à la force du sang qui le porte à être versé, pour vivre ou pour mourir. Une faiblesse attachée à notre puissance inaccomplie qu'est l'enfance. Et nous restons dans l'existence à chercher notre chemin, à chercher notre vérité dans la terrible présence de l'enfance qui se perpétue dans l'âge, avec l'espoir que nous serons dignes enfin d'elle, et vivrons alors l'enfance comme des grands, comme des hommes. Des héros fiers du combat à mener et du tourment à affronter.

Il faut regarder l'enfance et son drame de plus près. D'aussi près que le permet notre situation hasardeuse dans la vie. Voir qui et quoi y a surgi et a survécu les années passant. Quelles incertitudes demeurent. Quels monstres s'entêtent. Quelles présences bannies résistent. Même si la nuit entre l'enfance et nous augmente inéluctablement, regarder ce qui s'y passe encore, nous si loin et elle toujours là quelque part, elle encore si proche finalement et nous impuissants à en saisir, à en toucher l'essence vivante, à en saisir la vérité historique de ce qui s'y déroule encore aujourd'hui pour nous tandis que ce que nous appelons l'enfance n'est plus qu'un souvenir lointain.

Je revois l'enfant que j'ai pu être comme un minuscule petit cerf égaré sur une route et pris dans les phares d'un véhicule qui arrive à toute vitesse. Arrête de gesticuler comme ça, disait maman. Je pensais avec effroi qu'elle ne voyait pas ce qui fonçait sur moi. Le danger qui m'emporterait.

J'étais seul sur la route dans la nuit. J'ai aimé croire ça, naïvement, sans doute pour me sauver d'une solitude pire encore.

C'est l'histoire que je vais raconter, pour la première fois. Elle tient en quelques années. Peut-être deux ou trois. Lui son nom n'était inscrit nulle part. Même pas sur les boîtes aux lettres dans l'entrée de l'immeuble, où la seule qui n'avait pas d'étiquette portant de nom était la sienne. Il n'y avait que le numéro 6. Le numéro de son appartement au-dessus du nôtre, quatrième étage. Et il n'ouvrait la petite porte en fer de la boîte aux lettres qu'à de rares occasions dans l'année, ou quand elle ne pouvait plus rien recevoir, la gueule pleine de courriers, papiers, publicités, rappels. On s'est interrogé régulièrement. On a longtemps soupçonné quelque nécessité de dissimuler son identité. La crainte sans doute de recevoir des courriers indésirables.

Des inconnus venaient parfois sonner chez nous pour demander : Vous l'avez vu récemment ? Nous faisions un signe négatif de la tête, dans la crainte sans aucun doute d'être associés à sa coupable absence, mais également pour le protéger comme malgré nous.

Nous repasserons, disaient les importuns.

Mais ce n'était pas le plus étrange. Pendant de longs

mois, une année ou deux peut-être, il m'a entraîné avec lui un peu partout dans ses expéditions. Il me voulait avec lui, à ses côtés, pour la moindre virée dans les bois ou sur les routes. Mes parents hésitaient. Au début, c'est maman qui cédait quand notre voisin m'appelait, en jetant à mon père ces quelques mots : *Un bol d'air, ça lui fera du bien.* Moi je vivais déjà notre petite vie familiale comme une relation amoureuse qui battait de l'aile. On s'aimait toujours mais en se heurtant au *mur noir de l'amour* (l'expression est de Vincent Van Gogh, je l'ai trouvée plus tard dans une lettre à son frère Théo) – noir comme l'amour des familles. Je ne saurai jamais ce que lui cherchait à faire avec moi. Ni pourquoi. Je ne saurai jamais quoi ni qui était vraiment ce numéro 6 au quatrième étage. Je n'ai gardé aucun souvenir de son arrivée et de son installation. Qu'une sorte de mémoire incertaine, inventée peut-être mais plausible. 6, comme nous nous mîmes à l'appeler parfois de peur d'avoir à prononcer son nom, survenait toujours à l'improviste, même si la rumeur de sa présence nous obsédait.

Je le suivais sans un mot, sans scrupule. Il était vivant. Je quittais père et mère le temps d'une journée. Parfois d'un week-end. Pourquoi rester prisonnier de cet amour familial que la vie avait toute seule décidé pour nous ?

Lui, j'ai longtemps cru qu'on l'avait aimé parce qu'il n'était pas comme nous. C'était un homme puissant, à nos yeux, nous qui vivions dans la foi de notre propre handicap. *On n'y arrive pas*, disait régulièrement maman sans que nous sachions exactement de quel échec il s'agissait ni quel obstacle particulier avait une nouvelle fois surgi devant notre petite route. Dans la langue de maman cela donnait aussi : *Nous avons loupé le coche*. Une phrase incompréhensible pour l'enfant que j'étais, et que ma mère prononçait le matin devant une tasse de café déjà tiède avant d'être avalée, avant que nous nous dispersions pour rejoindre l'école.

À l'opposé, sa vie à lui nous paraissait plus remplie, plus brillante surtout. Il semblait doté de ce mystère de foire, de fête foraine, qui emporte tout, et qu'il affichait avec des vêtements de couleur, pantalons cintrés, évasés aux chevilles, appelés à l'époque *pattes d'éléphant*, gros ceinturon noir clouté, et sur des chemises étroites à large col pointu et brodé des blousons de cuir semblables à mes yeux aux armures mal dessinées des petites figurines de chevaliers que je collectionnais. Il parlait fort et beaucoup. C'est simple, il parlait de tout. Ses connaissances devaient nous paraître infinies. Il ne donnait jamais l'impression d'être à l'écart du monde extérieur ni longtemps sans nouvelles de ce qui s'y passait. Il sortait souvent. De jour comme de nuit. Il était mobile, agité. Il nous rappelait le vent. L'obsession du vent. Ce besoin d'air que réclamait maman parfois, ouvrant brutalement les fenêtres de l'appartement, et dès que l'air avait envahi la pièce, qu'il soufflait trop fort, trop longtemps, et que le vent devenait le vent des migraines, des yeux rougis, maman pleurait en se plaignant et refermait tout aussi brutalement la fenêtre.

Doucement ! disait papa.

Mais tout ce qui faisait que nous détestions notre voisin faisait aussi que nous l'aimions.

J'ai compris beaucoup plus tard sa fragilité, jusqu'à sa vulgarité. Il la fuyait en courant devant lui. Et plus il fonçait au-delà de ce qu'il devait imaginer être les murs de sa prison, de notre enfermement invisible dans l'existence, oh mes amis, plus il dérapait, indéfiniment, comme un patineur ivre. Glissait dans des ravins. Graine de serpent. Je pense qu'il avait tout, ou presque, à nos yeux pour être une divinité intraitable capable d'apporter autant la joie, le ravissement que la douleur et le manque. Sans savoir d'où nous tenions ces informations, suffisamment vagues pour en faire une légende, nous croyions sa jeunesse obscure et rompue obscurément par un sort, le suicide de son père, ou un abandon. Les hypothèses les plus désespérantes tournaient avec délice dans nos têtes. Nous lui attribuions un orgueil d'enfant longtemps humilié, une fascination imbécile pour les combats, les luttes, les longues virées sauvages. Des espoirs de conquête qui avaient dû s'enliser dans un renoncement toujours incompréhensible, et un retour dans les rangs silencieux des employés, sans doute forcé par un mariage précipité qui serait suivi d'un divorce... Une âme errante, un chevalier perdu, comme il se doit, dans sa quête. Une dégringolade certaine avant même d'avoir ne serait-ce que goûté le fragile apaisement des premières étapes franchies dans la vie.

J'appris plus tard que les Anciens concevaient comme un glissement le désir inapaisé tendu en vain vers sa cible, et qui menait à la transgression, à la faute. Ce qu'ils avaient signifié à l'origine par le mot : lubrique (*lubricum*, en latin, qui est glissant, susceptible précisément de déraper, qui s'expose au hasard, qui est incertain). Il y a dans la lubricité cette douceur vénale qui efface toute prise, tout appui. Un jeune type gominé, hidalgo d'opérette, qui rêvait de voyages qu'il savait qu'il ne ferait jamais. Qui rêvait de repos et donnait cependant le sentiment de vouloir furieusement échapper à l'ennui, à l'inaction qui, comme une hyène qui attend le dépérissement de sa proie, rôde encore et encore autour de nous.

Maman, certains jours : Mais jusqu'où ira-t-il ? C'est un démon, ce type !

Un démon, mais pourquoi ? Quelle sorte de démon était-ce ? À moi il paraissait si doux et inquiet, et pourtant toujours certain de pouvoir bénéficier d'une vue imprenable sur le monde.

Démon. Je n'ai jamais oublié celui de l'Évangile qui supplie Jésus, reconnu immédiatement par lui, le possédé, l'exclu, comme le Maître, de le débarrasser de lui-même, de lui laisser rejoindre les porcs dans les champs, pour se jeter avec eux du haut de la falaise dans le vide. Et glisser. Et sombrer. Lubrique. Quelle autre peau pour nous accueillir dans la chute ?

Pour être sauvé (mais de quoi précisément ?) il faudrait donc sortir de son corps et en rejoindre un autre. Ou n'est-ce pas ce désir de glisser d'une peau dans une autre, d'une existence dans une autre, qui nous entraîne inéluctablement hors de nous-même ? Mais comment un démon voudrait-il être sauvé de lui-même ? Je pensais pourtant que les héros avaient pour mission de combattre les démons. Voilà qu'il aurait fallu sauver les démons d'eux-mêmes. J'ai compris doucement que le démon, le possédé, était celui qui manquerait à jamais à lui-même, qui ferait défaut à sa peau même, et disparaîtrait avec la boue des autres, nu dans sa honte. Sans peau. Glissant vers lui-même dans une impossible fuite. Et que nous avons tous, individuellement ou collectivement, à répondre de ce qui dans la force du mal qui est le nôtre nous pousse ainsi à cette lente chute d'une implacable douceur dans laquelle nous nous jetons dans la peau des autres. Jusqu'à l'autodestruction. Y risquer notre peau.

Le démon apparaît et vient à nous manquer. Notre peau frissonne et nous semble étroite comme un vêtement qui aurait rétréci. Tu as encore grandi ! s'exclamait maman avec désarroi devant le pantalon ou la chemise que nous n'arrivions plus à mettre. Ne restent que les traces encore brillantes, comme une bave argentée, de sa chute dans la boue. Et il arrive ainsi que nous abandonnions notre peau, la seule, l'unique, comme des serpents dont la mue serait la dernière.

Oui j'ai senti qu'il était à nous, mes amis. Que c'était à nous. Ce corps. Sa vulgarité. Son désir inapaisable et joyeux, sonore dans toute l'agitation qu'il éveillait. Comme les héros de l'Antiquité, il avait acquis pour nous la même familiarité colportée, usée par des histoires, des fables, des mythes à répétition que nous resservions à toutes les sauces comme les ridicules petits Homères de ses exploits et de son odyssée que nous étions malgré nous. Il pouvait surgir à n'importe quelle occasion, répondre à la moindre nécessité, mineure ou impérieuse. Sa vulgarité était nôtre, celle de notre monde confiné, exploité. Sa force ridicule nous protégeait symboliquement. Ses excès dérisoires nous enchantaient en même temps qu'ils nous effrayaient. Lui se peignant en sauveur aventurier prêt à en découdre avec quiconque. Il imaginait contre lui des forteresses imprenables et vides. D'un côté, il n'était sans doute qu'un petit homme sans consistance sociale, vociférant contre les politiciens, les lois, les taxes, les impôts, les fonctionnaires et le coût de la vie. D'un autre, il semblait capable de croire à tout ce qui nous effrayait et dont nous nous tenions obstinément à l'écart. Le goût du monde. On le devinait sans comprendre capable de toute l'innocence contenue dans celui qui adhère à sa condition injuste comme au drapeau d'or et de sang dressé devant les armées promises à la boucherie sanglante. Peut-être vaincues. Peu importe.

Il faisait ainsi de notre condition très modeste le lieu d'un mystère, d'une réalité, d'une revanche impossible à prendre. Il transfigurait notre appartenance sociale, notre soumission aux lois d'un atroce marché qui prétendait résumer à lui seul nos existences. Il paraissait ne se soucier de rien ni de personne. Sans doute était-ce le contraire. Une inquiétude folle. Il devait être constamment détourné de lui-même par une autre pensée dévorante, une distraction effroyable.

Oh j'ai failli être celui-là. J'ai surtout rêvé de devenir lui.

C'était dans l'enfance. Il ne m'a plus quitté. C'était un démon, devenu le mien, le nôtre, par la force des choses. J'ai vécu quelques années, quelques mois, dans sa peau. Ou me suis-je perdu dans la sienne, en abandonnant celle du petit garçon que j'étais ?

Quoi dire ?

Rien.

Tes parents vont s'inquiéter, tu crois ? Il riait.

Ne pas rentrer chez soi.

On avait déchiré la route à plus de cent cinquante à l'heure dans sa Renault Torino, traversant un océan de nuit. Pas un chat.

Conduire en musique, la radio à fond, vitres baissées, et en poussant des hourras silencieux. J'aimais sa façon de passer sa main dans les cheveux que le vent frais de la nuit et la vitesse avaient emmêlés, ou de fumer tout en conduisant. Le coude négligemment appuyé à la portière. Nous aurions pu finir en prison pour vagabondage, et lui pour détournement de mineur. Nous n'y pensions pas. Prendre nos petits déjeuners quand le soleil se lève. Dans un coin de prairie entre deux routes ou sur le parking désert d'une station-service à la sortie d'une ville, et qui faisaient alors office de petits royaumes où se reposer. Se rincer la bouche au vin blanc ou à la bière – il n'y a plus d'eau. Ne pas faire la grimace surtout. La jeune lumière venue du ciel et le néant du monde ne faisaient plus qu'un dans son œil grand ouvert. Et quand le soleil frappait la plaine d'un premier rayon, il me disait en souriant : Fais un vœu. C'était un ordre.

S'appliquer en silence. Pourvu que ça marche.

Ça marcherait forcément.

Il me faisait la promesse de vivre un grand jour. Chaque seconde ouvrait mon cœur. Petit tombeau palpitant machinal et dans lequel entasser espoirs comme chagrins. Chaque seconde et c'était la résurrection.

Non, surtout, surtout ne pas dire son vœu.

S'il se réalise. Uniquement. Tu me diras.

Et sinon ?

Tu le gardes pour une autre fois.

J'étais étendu à terre et je dormais. Faire semblant. Respiration régulière. Yeux clos. Corps immobile. Je sentais le sol sous moi. Lui attendait dans la voiture, portes et fenêtres ouvertes. La même paire de fausses Ray-Ban dorées sur ses yeux. La radio jouait un air sentimental qui me remplissait de larmes. Ne pas le montrer. Avec la chaleur du jour, les mouches rappliquaient, sorties de la nuit, vertes, bourdonnantes, balbutiantes comme des jeunes filles à leur premier bal. Gracieuses et lourdes. Et dans les odeurs naissantes.

Tu dors ?

J'ai fini.

Ça va ?

Oh bien, bien.

Prêt ? demandait-il avec une joie féroce.

La nuit avaient surgi de vieilles histoires rugissantes. Des griffonnages lumineux dans le ciel noir qui ne signifiaient rien en apparence. Quelques étoiles toujours dont il connaissait la position et le nom comme un vieil auteur des empires d'autrefois. Et quand apparaissait le jour, on gardait sur nous de cette poussière lumineuse de la nuit. On mangeait éblouis les restes de pain et de jambon de la veille.

Plus de bière, putain !

Dans le coffre de l'automobile, les deux fusils de chasse dormaient encore, soigneusement rangés sous leur vieil étui de peau.

Maman soupirait : Le monde ne tourne pas rond. Très vite nous tendions l'oreille. Au moindre petit bruit là-haut. Quelque chose n'allait pas. Ça recommence, ajoutait maman qui voulait pourtant être heureuse, mais je crois que c'est en grande partie pour cela que notre voisin la faisait enrager autant. Joie féroce. Sa langue était un manteau flambant qui recouvrait tout. Je gardais en moi ses phrases. Il étouffait chez lui, *entre quatre murs*, comme il le répétait souvent sans que l'on puisse imaginer ce qu'aurait changé un mur de moins. Sa langue enveloppait d'un velours dense et vivant les choses du monde extérieur que nous pensions inaccessibles et dont nos parents semblaient vouloir nous tenir à distance. Prononcées par lui, avec ses mots et sa salive, elles devenaient des matières précieuses et incandescentes. À travers les volets nous percevions la lueur grésillante de ses mégots. Entre deux bouffées, il sifflait sous nos fenêtres des airs familiers que nous aimions mais qui dans la nuit résonnaient comme d'inquiétantes malédictions.

Un vrai rossignol ! se moquait maman.

Le rossignol est un des rares oiseaux à chanter la nuit. Et le jour à peine levé, quand on sort les fusils avec le soleil, il s'est tu.

Appelons-le. Je ne sais plus. Sans nom. Des milliers de noms. *Mon nom est légion*, dit l'Évangile. Et ce nom que nous aurions appris, l'aurait-il été, son nom, mes amis, que nous aurions pensé que ce n'était probablement pas le sien, pas son nom. Mais le nom d'un autre, un nom d'emprunt, de guerrier d'opérette, ou celui d'un espion comme dans les films médiocres qu'il dévorait en ma compagnie, où de jeunes hommes au teint impeccablement hâlé, en veste d'alpaga sans un pli, roulaient à tombeau ouvert dans des voitures rapides décapotables, sur des corniches surplombant l'océan Pacifique, et rejoints on ne savait ni comment ni pourquoi avec exactitude par de longilignes jeunes femmes blondes tueuses autant qu'amoureuses.

Moi aussi je rappelais bien en silence la nuit des personnages imaginaires, des héros surgis de l'ombre, sans oser jamais leur donner de nom. Ne pas savoir qui venait me chercher. Trembler ainsi seul dans mon lit. Ne nommer personne. J'ai toujours considéré avec embarras la tâche d'avoir à nommer mes personnages. Parfois les livres des autres m'en tombent des mains tellement les noms se succèdent. Comme si nommer suffisait à donner la vie. Sortir du vide. J'apprendrais qu'il y a des gens qui peuvent passer toute leur vie ensemble sans connaître le nom de l'autre.

Donner des noms est un devoir sacré mais peut-être que chaque nom donné est la trace d'un regret. Le nom viendrait toujours en second, doubler l'apparition d'un être. Dans la solitude des commencements, la Bible raconte que la première tâche de l'humanité fut de nommer les animaux que la divinité avait créés et faisait défiler sous ses yeux d'humanité seule et unique. Gardienne d'un immense jardin délicieux mais curieusement et pesamment désert. L'idée qui vient d'abord à l'esprit divin pour contrer la solitude humaine, ce n'est pas l'autre, l'autre sexe, mais l'animal. La naissance des bêtes pour combler notre manque, oh mes amis, ce poignant sentiment de solitude au monde. En vain. Ou plutôt, chaque nom trouvé et attribué à un animal a creusé d'autant plus le sentiment de solitude dans le tout jeune cœur humain. Invention simultanée du langage, de la nomination et de la solitude. Avec le furieux désir divin d'y mettre fin. L'animal fut notre première compagnie. Mais l'autre que l'humain reconnaît pour finir comme partenaire de jeu, en sortant du sommeil, n'a pas encore de nom. C'est il ou elle, *ish* ou *isha* en hébreu.

Comment t'appelles-tu ? ai-je demandé un soir dans un club à une jeune Américaine que je tentais depuis quelques heures d'intéresser à ma personne.

What ? no name babe just dissolute sex just kill me just want to fuck and cum we don't need any name to fuck no name no no.

J'ai bredouillé de vagues excuses.

What?

Le nom ne doit pas faire obstacle. Ou au contraire, le nom est cette cicatrice très exacte de notre solitude vivante les uns parmi les autres.

Et j'ai dû suivre des yeux dans l'obscurité du club la belle Américaine, à moitié dévêtue, aux bras d'un autre que moi. Et rester seul sans nom, mon verre à moitié vide à la main.

Je ne le comprends qu'aujourd'hui : j'ai longtemps cherché à donner un nom à qui ou quoi ne pouvait répondre à mon appel.

Je n'ai jamais cru aux démons. Ni au Diable. Mais en vieillissant je me demande finalement s'il ne s'agit pas d'une dérisoire dénégation pour me protéger de moi-même. Ou pour le dire autrement, cette proximité de l'humanité avec sa destruction, sa propre négation, a fini par nous faire croire au Diable comme pour nous protéger de nous-mêmes. Je ne sais toujours pas si le Diable existe, mais je sais aujourd'hui que très peu de vies humaines parviennent à cette exigence de faire comme si le Diable n'existait pas, et à y rester fidèles. Une de mes vieilles tantes croyait dur comme fer que si Diable il y avait, il pouvait revêtir l'aspect d'un ange de lumière, ou des meilleurs d'entre nous. Les enfants de la famille se sont souvent amusés à crier : Le Diable, c'est moi ! Pour faire peur à notre tante qui prenait ça très au sérieux. Elle disait que le Diable en personne viendrait, comme si l'original eût été jaloux de voir qu'on avait eu l'audace de le contrefaire. On prenait toujours ça en rigolant mais jamais très longtemps. Médusés que nous étions en voyant notre tante dépenser toute son énergie, chaque jour que Dieu faisait, et comme un détective, à imaginer le pire derrière les sourires et la bonté des uns et des autres. Oh mes amis, cela peut vous paraître d'un horrible cynisme mais elle soupçonnait chacun du pire avec la même obstination qu'elle mettait à l'aimer.

Certains soirs, nous pensions au contraire que le Diable n'était qu'un ange farouche que nous n'avions pas su ou voulu reconnaître. Et que nous aurions abandonné.

Impossible d'oublier qu'il y a toujours eu cette présence délaissée, et devenue à nos yeux innommable et séduisante. La lutte avec *elle*. Je ne saurai jamais quoi ou qui luttait avec moi. Je ne saurai jamais à quoi fait écho en moi cette présence autre, exclue au point d'apparaître dans toute sa noirceur. Tout en n'ayant jamais pu me débarrasser de l'idée que j'avais à lutter contre moi-même.

J'avais fait la rencontre avec Lui, le sans-nom ou le nom multiple, auprès de mon arrière-grand-mère maternelle, les dernières années de sa vie sur les hauteurs de Cannes, près de Nice où nous habitions encore à l'époque. Elle ne répondait plus franchement à mes questions quand je la surprenais appelant toute seule sur son lit d'hypothétiques compagnons. Comme elle, je ne dormais pas ou peu. Maman disait crûment : Elle débloque l'arrière-grand-mère à présent, faut pas faire attention. La vérité est qu'elle ne nous parlait plus depuis longtemps. Elle avait fini par s'entretenir avec d'autres interlocuteurs. Elle avait comme effacé, oublié son existence de domestique au service du linge et du ménage des autres. Elle se levait plusieurs fois chaque nuit pour grignoter des fruits secs, des biscuits, pour boire une sorte de tisane épaisse tirant sur le noir et arrosée discrètement d'eau-de-vie. Elle se levait surtout pour parler seule dans l'ombre du couloir qui menait aux toilettes où nous l'entendions depuis nos chambres dans la pénombre se cogner, tituber, et cracher entre ses gencives nues d'horribles jurons. Le lendemain, si l'un d'entre nous s'avisait en riant méchamment, mais avec crainte, de lui demander à qui elle avait bien pu parler la nuit dernière, elle haussait les épaules de pitié. Nous ne comprendrions pas. *Pauvres petits... Vous pouvez rire.* Il s'agissait de gens importants, signifiait-elle par de joyeuses grimaces qui me terrorisaient alors. Pas n'importe qui. Des oubliés, des perdus dans le temps, avec tous les morts de la famille, et tous les morts de toutes les familles. Tous les tombés au service des autres, plus riches, plus puissants. Des nombreux avec qui elle avait à s'expliquer pour de bon. Le temps pressait. Comme si elle devait enfin rendre des comptes à quelqu'un après toute une vie silencieuse et laborieuse. Quelqu'un avec qui parler pour Le faire apparaître. Dieu ou démon. Sans jamais prononcer son nom. Il n'en avait pas forcément. Et face à l'ombre qui l'envahissait, notre arrière-grand-mère convoquait comme les grains d'un chapelet ces personnages hallucinatoires qui venaient lui rendre visite toutes les nuits dans un cortège aimable et terrifiant pour lui offrir, pensait-elle, leur amour ou leur haine – c'était égal à présent – et toutes sortes de cadeaux invisibles comme des remords, qu'elle énumérait pour elle seule jusqu'au petit jour. Pour repousser la bête fauve. Le Tueur. L'Ange déchu. Le Serpent nu. Sa fille, notre grand-mère, ne voulait pas qu'on lui parle de ça : Fichez le camp, laissez-la tranquille, mémé perd un peu la tête. Elle entendait des voix depuis qu'elle avait dû quitter sa petite maison de Mougins, après la mort de son mari qui fut longtemps tôlier sur les toits de Paris, et ancien poilu de Verdun. Elle était devenue comme une de ces femmes insomniaques que je croiserais plus tard dans un hospice et qui racontaient la nuit toute leur vie de petite fille à l'oreille d'un amant mort. Chez sa fille, Germaine, sur les hauteurs brillantes de la Méditerranée, elle dormait dans le salon-bibliothèque sur une sorte de lit de camp qu'on repliait le matin avec ses fantômes de la nuit.

Longtemps j'ai cru les entendre dans mes propres insomnies, eux les invisibles de la nuit, m'appeler au secours. Et encore aujourd'hui, certains soirs, j'ai le sentiment que mon arrière-grand-mère me regarde en silence.

Elle sait.

Et dans son regard déjà passé ailleurs, je vois que les démons ne me lâcheront plus.

Maman avait crié dans la cage d'escalier : *ne rentre pas trop tard, ce soir.* Les paroles d'une chanson d'amour qui tournait en boucle à la radio.

On était lancés.

C'est parti !

On roulait direction les montagnes et les prairies, les deux fusils dans le coffre. De ce jour, j'ai attendu de lui qu'il me pourvût en sensations. Peu à peu il délaissa son travail. Il connut quelques ennuis de ce fait, j'imagine. Et m'entraînait toujours plus avant sans but précis autre que celui de nous évader ensemble.

Le monde est à moi. C'est ce qu'il me disait avec l'aplomb de celui qui n'a rien. Avec sa gueule du dimanche, de jour chômé, l'œil louchant sur les femmes et le soleil. Ne jamais avoir été bien certain de pouvoir partager cette affirmation. Le reconnaître exigerait qu'une vie passe. Ou est-ce nous qui serions passés à côté ? Mais quand ? Quelle rencontre manquée, quel rêve inassouvi ont fait dérailler notre course ? Avance-toi, dit la vie. La vie est inexplicable. Elle n'est que mouvement, elle ne se tient jamais tranquille. Et comme dans un vieux film à la Chaplin, patiner aveugle, les yeux bandés, au bord du précipice sous le regard effrayé et amoureux d'une délicieuse jeune fille, vendeuse mal payée du grand magasin de la vie. Patiner en aveugle au milieu des marchandises inaccessibles, au-dessus d'une encre noire. Avec cette grâce folle de la créature sur patins à roulettes qui à force de n'être rien voudrait se croire tout. Très vite avoir le cœur gros. Être d'une pâleur de cire. De chose. Ou renchérissant sur sa vanité, la créature revendique parfois comme un fait de substance le rien qu'elle porte en elle et qu'elle ne sait toujours pas nommer.

Je ne fais là, ouvrant ce livre avec vous, que conter l'histoire d'un cœur ordinaire et inapaisable, un cœur enfantin qui se souvient d'un faux loup, à moitié aventurier, à moitié affamé. Maman se plaignant de ma sensibilité, de mes larmes toujours à venir. Sans doute qu'elle voyait en moi un petit double effrayant d'elle-même.

Ceci arriva en automne. Ceci m'a rendu vieux quand je n'avais pas douze ans. Quelquefois en y repensant j'ai pitié de moi-même. J'ai compris qu'être enfant c'était souvent supporter le poids de l'univers entier. Toutes ces choses, je pleure encore quand je les dis. C'est mon conte effrayant à moi. Ma forêt. Mon labyrinthe. L'apparition de certaines personnes supprime le jour comme celle de certains animaux donne le signal de la nuit. Quelqu'un resté longtemps dans la nuit apporte la nuit à plus faible que lui. Mais cette nuit-là, c'était la vie vivante. La vie à peine commencée pourtant. Et voilà comment. Une fois. L'apparition de quelqu'un qui apporte la nuit et supprime, oui, le jour qui était là pourtant. Encore là. Un petit peu. Quand toujours enfant nous assistons incrédule à sa venue et que surgit ainsi un vieux diable sous un masque d'irradiante jeunesse, aux traits d'un type, la trentaine comme tout le monde ou presque, qui gagne sa croûte dans un bureau et file le vendredi soir dans la maison familiale du Quercy. Et qu'on envie alors enfant son aisance d'adulte, sa liberté princière à nos yeux, qu'on jalouse déjà, le voyant paré des lumières de *la grande vie*, celle qu'on imaginera ainsi soudain et pour longtemps sous les traits, oui, d'un tel chevalier, hidalgo ou torero, génie petit col blanc, assureur et buveur de bière, au volant de sa vieille Renault Torino moteur six cylindres, bleu nuit, customisée, jantes alu et toit ouvrant. Tout ce que papa ne possédait pas et n'était pas. Quelqu'un comme ça. Une méchante fée virile capable de dévisser les moteurs de ces récalcitrantes automobiles que nous désespérions de posséder et de pouvoir conduire un jour. Un vague ami des parents qui logeait comme nous dans cet immeuble à cinq étages d'un faubourg populaire de Toulouse des années soixante. Mais au-dessus de chez nous. Appartement avec balcon, lui. Un ami. Maman disait ça comme ça parfois, faute de mieux, elle qui n'a jamais vraiment saisi le lien tendu de l'amitié, ou vivait dans cette transparence de la vie qui n'attache, ne retient rien ni personne. Petite araignée blonde délicieuse et triste sur sa toile vide dont le néant aurait pu à tout instant la consacrer sainte et mystique mais qui ne s'y résolut jamais. Lui c'était le néant vers lequel on va comme les mouches à la viande, comme les papillons aveugles à la lumière. Hidalgo mais fils de personne. Un qui baisait sa femme avec la télévision allumée pour ne rien perdre du match que de toute façon nous allions perdre. Et tout notre petit immeuble suivait la scène aux bruits interminables d'une étreinte que nous imaginions plus ou moins consentie. Sa femme que j'ai rêvée longtemps nue entre mes bras d'encore enfant comme un objet palpitant, une proie à dévorer des yeux. Et boire le lait de sa peau. Sa femme qui sortait tous les soirs fumer dans la petite cour de l'immeuble, vêtue d'un peignoir bleu vif à motifs brodés d'or, et à peine noué à la taille, même dans le froid, et s'étirait dans la pénombre faisant apparaître sa chair, déroulant sa chevelure dorée, tandis que nous assistions au spectacle dans l'embrasure des volets et que je demeurais dans l'extase vide d'un plaisir ignoré, laissant au cœur de mon chagrin une splendeur inconnue. Des jambes lourdes comme les odalisques des tableaux du musée des Beaux-Arts où nous, les enfants, étions sommés de traîner certains dimanches après-midi. Elle, personne extatique sans fin ni commencement. Mais cette femme-là lui appartenait – ce qui me rendait fou, je crois bien aujourd'hui, au point de penser seul dans ma chambre que j'aurais pu manger le cœur vivant de cette femme et boire son sang. Explorer, extraire son âme d'enfant.

Elle lui appartenait. C'est ce que je pensais avec désespoir et ravissement. Certains soirs, nous les entendions se disputer pour des raisons qui nous sont restées à jamais inconnues. Elle lui disait qu'elle ne voulait plus le revoir et que cette fois, c'était bien la dernière. Je savais qu'elle mentait. Je n'imaginais même pas qu'elle pouvait vouloir le quitter ni que lui aurait accepté leur séparation.

C'était un vrai mec, disait-on autour de nous dans la rue, sans trop savoir de quelles tribulations viriles relevait cette distinction. Jeune coq au regard humide, avec déjà cet embonpoint des héros sans victoire. *Un chic type finalement*, disait encore parfois maman, presque compatissante d'un malheur flou, quand il nous rapportait de brillantes virées sauvages des pots de confiture d'airelles «faits maison», des grappes de raisins de Gascogne, et des gigots de sanglier couverts de poils et de sang que nous laissions des journées entières exposés dans un linge sur la petite table du salon comme des offrandes sacrées. Les membres arrachés de victimes expiatoires dont nous ne savions que faire. Ça se prépare comment, le sanglier? murmurait maman en nous regardant, désemparée. Et pour finir, un soir quand nous étions tous couchés, papa avait le courage de faire disparaître tout ça dans la poubelle qu'il refermait d'un geste sec comme s'il craignait que s'en échappât l'esprit de la bête.

Mais lui n'interrompait pas ses bienfaits. De retour d'Andorre ou d'Espagne, il ramenait cigarettes et alcools dans des sacs plastiques imprimés aux motifs héroïques de taureaux de corrida, avec des filles majorettes en microjupes sur d'immenses jambes. Un roi mage, du gel brillant dans ses cheveux noirs, et qui nous stupéfiait et nous figeait de son encens, de son ivoire. Je conduis comme je respire, disait-il quand nous célébrions avec passion ses exploits automobiles (il sillonnait les routes dans son extravagante Renault Torino modèle argentin, soi-disant à la recherche de clients pour son assureur de patron). Et je l'imaginais explorant d'un souffle villes, villages et montagnes. Emportant les êtres et les cœurs. Assurant chaque vivant croisé… Il lui avait été donné une divinité imaginaire. J'en avais la preuve quotidiennement avec sa grosse montre métallique au cadran phosphorescent qu'il ne quittait jamais. Et sa voix. Oh sa voix! Il aurait pu, disait-il modestement et drôle, faire carrière de chanteur. Sa voix de démon. Qui effrayait les oiseaux dans la cour de l'immeuble. Sa voix impunie et gaie qui promettait tout ce qui était à mes yeux d'enfant interdit.

Je l'aimais.

Comme on aime à dix ans un autre homme que son père parce que l'amour déjà est impossible.

Je vous l'emprunte, disait-il à mes parents.

Quitter la ville. Franchir les torrents. Et partir sur les routes vers les montagnes et les prairies. C'était l'automne. Ou la fin de l'été.

Il riait en fumant d'horribles cigarillos à la vanille. Être écœuré jusqu'à la joie.

Et partir à la chasse.

Il y eut deux détonations suivies d'un sifflement. Je n'ai jamais oublié ces deux coups de feu tirés presque simultanément. Et ce lièvre gris. Appeler gris ce mélange de couleurs fauves, noires et cendrées, qui fait la couleur ordinaire des lapins et des lièvres. Des yeux d'ambre. Tête étoilée. Longues oreilles noires au bout. Son ventre blanc. Il ne bougeait plus. L'herbe de la prairie était encore sombre. Derrière moi, un cri de joie féroce et déchirant. Les deux fusils fumant. Cette voix: *Tu l'as eu! Non? J'te dis que tu l'as eu!* Et cette chair autre ensanglantée apparue dans les herbes sauvages venant m'arracher le cœur. Palpitation finie. Avec les aboiements sourds et répétés des chiens. Je me souviendrais plus tard des mots de saint Paul: *Autre la chair des hommes. Autre la chair des bêtes. Autre l'éclat de la lune et celui du soleil.* Et si finalement, non, tout cela était plus fragile que les rêves les plus profonds. Une même chair, bêtes, étoiles, forêts, hommes et enfants, une même chair à partager, à se jalouser toujours, et à

TUER.

C'est pour ça qu'aujourd'hui le monde entier fixe ses

yeux noir et jaune presque dorés sur moi. Les yeux morts d'un léger petit animal à fourrure grise.

Putain tu l'as eu, j'te dis !

Ne pas bien comprendre. Rouvrir les yeux. Gaucher, j'avais tiré, la crosse en noyer vernis et passablement éraflée appuyée contre ma tendre épaule droite. Un vieux fusil de chasse Browning superposé B25 calibre douze. Le soleil se levait sur la plaine derrière nous. Je ne savais s'il fallait croire son propriétaire qui prétendait l'avoir reçu de son père, lui-même ayant longuement raconté, disait-il, qu'il avait fait le coup de feu avec pendant la guerre, dans le maquis du Limousin, la région 5, contre des soldats allemands. Ponctuant ses aveux de gloire d'un double : *Ah les Boches ! Ah les Boches !* Mais si cette histoire était vraie, qu'il me l'eût confiée ce matin-là augmentait ma confusion. Lâche ou maladroit, je n'étais pas certain pourtant d'être le responsable de cet exploit. Mais lui décida que j'avais été le tueur. L'assassin. Et me congratula. Petites tapes viriles dans le dos de l'enfant.

Putain, mec, tu l'as eu, tu l'as eu.

Mon épaule droite me faisait souffrir. Je ne le montrais pas.

Serrer les dents.

Avoir onze ans peut-être.

Voir dans le matin blanc sur la plaine le corps sanglant d'un soldat avec une petite tête de lièvre.

Tu l'as eu, j'te dis ! répétait la voix.

Longtemps être seul avec un lièvre mort entre les bras à qui murmurer en bégayant des choses inaudibles.

C'était un jour tout à fait ordinaire, avant les gelées blanches qui annonçaient l'hiver. Nous y étions enfin.

Nous marchions dans les bois quand j'ai vu le lièvre vivant bondir et disparaître dans les fourrés. J'ai eu peur un quart de seconde que le lièvre ait réellement existé. J'ai prié sur le moment pour qu'il se fût agi d'une illusion, un mirage comme il en arrive aux grands chasseurs à force de guetter leur invisible proie. J'ai espéré qu'il ne fût pas comme il arrive que les hommes souhaitent désespérément l'échec au lieu d'un salut quelconque obtenu à tout prix grâce à des techniques nouvelles, au lieu des ruses du chasseur pour coincer sa proie fragile, et finissent par se retrancher dans la joie solitaire de qui philosophe seul comme un fou dans son appartement plus si neuf. Tous nos désirs sont des poids de plomb. On a beau fixer le cap en s'orientant sur ce lointain rocher noir, écrasé par le ciel liquide de nos espoirs dans la mer, nous ne sommes jamais que des êtres menés par des choses qui leur arrivent, par des choses qu'ils ne contrôlent pas. Les grands chasseurs sont ceux qui traquent non pas la bête elle-même mais l'objet insaisissable de leur désir de sang et de mort, proches en cela des vrais mystiques. Ils n'ont aucune faim de la proie elle-même. Ce qu'ils veulent à tout prix, c'est croire. La proie qu'ils traquent est ce qu'ils ne voient jamais mais qu'ils finissent par croire avoir vu à force d'en tenir l'existence pour certaine. Et cet acte de foi désespéré les entraîne irrémédiablement de l'autre côté d'un paysage perdu.

À cet instant, j'aurais voulu, je crois, pénétrer au cœur des choses comme dans le ventre d'une mère pour m'y blottir. Cette mère que j'ai sentie parfois à cette époque si loin de moi. Alors que nous vivions selon elle, et comme elle le disait souvent avec amertume, *les uns sur les autres.*

Lui m'avait mis brutalement le fusil entre les mains et m'avait demandé de tirer.

Tirer. Pan.

Fermer les yeux.

Je n'ai jamais su si j'avais tué l'animal que ses chiens, des braques de Weimar qui me terrifiaient, avaient levé quelques instants plus tôt, mais j'ai dû sur le chemin du retour entre les herbes le porter mort, et sentir contre moi la chair tiède, le fantôme de ce quelqu'un. Un trophée. Fourrure aérienne et sauvage entre les mains. Minuscule manteau tiède. Tout petit corps inerte devenu soudain immense entre mes bras. Les pattes arrière surtout, pendantes, muscles saillants encore bandés de frayeur dans leur fuite foudroyée, et qui m'ont d'un coup paru gigantesques, impossibles à replier. Je n'ai pas osé les toucher. C'eût été, je l'ai senti, comme une attention trop tendre, presque maternelle. D'une féminité coupable. Et retenir les chiens tout en brandissant maladroitement sous leurs yeux fous la proie comme il me le demandait. *Montre-leur! Montre-leur!* Et leur dire: C'est bien, c'est bien, tout en les caressant de l'autre main. Le poil des chiens était court et dru, tout humide de rosée. Avec des nuances de gris, mais d'un autre gris que celui du lièvre, très sombre à certains endroits, virant au bleu. Sur des corps athlétiques, oreilles tombantes, truffe noire avec des éraflures roses, et des yeux jaunes presque dorés.

Attends, attends, bouge pas, je prends une photo.

Jamais peut-être je ne me suis senti aussi seul qu'avec cette bête sans vie dans mes bras. Avec le sang noir qui commençait à coaguler sur la fourrure en petites croûtes fraîches et irrégulières. Le corps tiède que les chiens reniflaient et cherchaient à lécher, babines retroussées. Sur la photo que j'ai retrouvée chez ma mère, j'ai déjà des cheveux longs qui tombent sur mes yeux marron, myopes et mélancoliques. Je parais grand et emprunté avec des épaules encore menues et de longues jambes que je n'arrivais pas à replier non plus. Le corps maladroit, jeté dans la vie, comme celui du lièvre mort dans mes bras. Oh mes amis, je ne quitterais plus la pose involontaire qui m'a fait apparaître ce matin-là sur l'image comme la proie vivante du lièvre mort. Et comme l'enfant défait de sa mère.

Puis le soleil d'automne a déposé des feuilles d'or pareilles à une icône dans l'habitacle de la 2CV qui nous arrachait dans les cahots des ornières à la scène du meurtre.

Derrière nous les bois noircissaient.

Et le retour sur les chemins pierreux de la traque, dans le vert intense des arbres, leur fierté gratuite de végétation, et nous coincés à l'intérieur de la petite 2CV, réservée à la chasse et aux chemins de terre, qui puait l'essence, les chiens mouillés, le tabac froid, lui au volant comme l'as qu'il était dans sa veste de chasse, un vieux treillis de l'armée décoré de quelques insignes de patrouille. L'homme des bois qui apportait la nuit à midi, et moi avec sur mes genoux d'enfant, de jeune bête humaine, le cadavre tiède de la petite bête sauvage.

Le lièvre mon amour.

Et maintenant que le jour brillait, que la chaleur automnale glissait en larges nappes sur les prairies, pénétrait les bois, lui s'époumonait déjà, sa voix derrière moi, le cri de sa joie au spectacle de la mort.

Ah j'le savais, criait-il. J'le savais. Quelle chance on a eue ! Ah les as !

Nous nous étions arrêtés au bord d'un chemin. Moi toujours avec la petite bête morte sur mes genoux immobiles. *Tu l'as tué ! Tu l'as eu !* Il n'arrêtait pas. Jubilant. Il est sorti de la voiture. Il dansait presque tout en ouvrant une boîte de pâté dont il m'a offert en l'écrasant cette mousse rose et brun déjà écœurante sur de larges tranches de pain mou. Mange, il faut manger après. Disait-il avec une fièvre sacrée et en ouvrant deux canettes d'une bière tiède et mousseuse. C'était l'heure de rentrer à présent. Et de troquer la petite 2CV poussive qu'on laissait dans une ferme des environs contre la Renault pour filer sur les routes. *Lâcher les chevaux*, disait-il.

Je ressentais une immense nausée. Ma veste tachée de sang. Comment récupérer ça? dirait maman dans son rôle d'obsessionnelle lavandière. Moi le front en sueur. Je n'ai jamais su si j'étais bien le responsable du coup de feu qui avait abattu le jeune lièvre mais j'étais terrassé par le ridicule terrible de l'affaire. Je l'ai à peine entendu me dire que oui, il me ramènerait bientôt à la chasse. Qu'il était fier de moi. Que je ne devais pas m'en faire. Avait-il surpris dans mes yeux qui brillaient quelque soupçon de larmes ?

Il n'y avait pourtant personne à pleurer.

Maman fut épouvantée en me voyant rentrer ce soir-là. Du sang sur mes mains. Mes vêtements tachés. De la boue sur mon visage. Et le lièvre mort dans mes bras en berceau. Elle ouvrait la bouche sans avoir la force de prononcer quoi que ce soit, et sans me quitter du regard comme si elle me voyait pour la première fois et qu'elle cherchait désespérément à qui elle pouvait bien avoir affaire. J'ai senti que la mort que je portais dans mes bras venait de m'arracher à ma mère, à ses lambeaux d'amour.

Lui a crié à sa femme de descendre. Elle apparut en riant, les cheveux blonds défaits comme à peine sortie du lit. Il y eut soudain au pied de notre petit immeuble, ce dimanche soir, une excitation cruelle dans l'air, saturé de la vibration d'une vie vraiment joyeuse, qui ne sait rien de la déception et des chagrins, mais qui emporta notre petite famille dans une inquiétude impuissante.

Où étiez-vous passés? ont pour finir demandé mes parents en boucle.

Tu me rendras folle, ajouta maman tandis que la femme riait doucement en se laissant embrasser et caresser par lui sous nos yeux.

J'ai compris à son regard qu'elle n'était pas dupe, elle, de qui avait tué le lièvre. Petit animal totem de l'amour et de la résurrection chez les Anciens. Moi j'entretenais l'espoir chimérique qu'il revienne à la vie, et s'échappe malicieusement de mes bras. Faisant de la vie et de la mort une farce aimable.

J'ai dit seulement en baissant les yeux, dans un souffle : Je l'ai tué. C'est moi.

Et notre voisin a acquiescé en silence, entre deux baisers appuyés à sa femme, et un sourire sec, comme pour signer d'un même coup l'acte de ma condamnation et celui de mon élection.

Ce mensonge, sans doute, fit que je sentis alors que je lui appartenais. Et au moment de nous quitter, devinant la désapprobation de mon père, j'ai voulu rendre à notre voisin l'animal mort. Qu'il le prenne et l'emporte chez lui dans son appartement au-dessus du nôtre. Qu'il m'en libère. J'ai maladroitement saisi l'animal par les oreilles dont le bout noir et soyeux s'échappait de mes doigts, et j'ai senti le poids de son corps pendu, le poids de sa vie enfuie.

Il est à toi, me dit-il gravement. Tu l'as eu.

Il regardait longuement devant lui, comme engourdi. Empêchant ainsi tout mouvement de ma part. Il a répété : Il est à toi. Ne t'inquiète pas. Je n'en veux pas.

Ce refus avait de quoi intriguer. Pourquoi m'attribuer cet exploit ? Et qu'allions-nous faire chez nous du lièvre mort, de ma *victime* ?

Nous sommes restés tous ensemble sur le trottoir, immobiles dans la pénombre. Le lièvre, c'était une affaire intime entre notre voisin, le numéro 6, et moi. Le petit cadavre de la bête exhibé était la preuve sanglante d'un pacte secret défloré.

Soudain maman nous a regardés bizarrement comme si elle ne nous reconnaissait plus. Elle avait chaud. Elle s'est mise à fixer le cadavre du lièvre comme un moine autrefois un manuscrit indéchiffrable qui aurait contenu des malédictions. Elle a vacillé. Sans un mot de plus. Et brusquement s'est effondrée sur le trottoir, nous arrachant ces rires idiots, et dont l'irruption précède la catastrophe que nous ne voulons pas voir.

Non, elle ne s'était pas blessée en tombant. Un miracle, a dit papa.

Elle était sans doute épuisée de m'avoir attendu toute la journée, *folle d'inquiétude*, répéterait-elle. Elle affirmait que nous finirions par avoir un jour sa peau. Ses jambes d'aiguilles blondes, d'autrefois joyeuse gamine d'avant-guerre, et qui croyaient devoir arpenter le ciel comme l'enfer, avaient flanché.

Maman s'était doucement écroulée dans un curieux ralenti comme je ne les ai jamais aimés au cinéma. Étendue sur le trottoir de tout son long. Sans un cri. Même pas un soupir.

On a ri et puis on est restés un long moment silencieux, stupéfaits, devant notre rire embarrassant de cruauté et le corps immobile de maman. On aimait cette femme. On ne savait plus juste quoi faire d'elle à l'instant. C'est lui qui a brisé le sort qui venait de s'abattre sur nous en nous transformant en petites statues de sel au pied de notre immeuble. Il a dit : Il faut la remonter chez vous. On ne peut pas la laisser comme ça. La nuit vient.

Il avait raison. Mais nous ne bougions toujours pas.

C'est pas un évanouissement. Pas exactement. Trop d'émotions. Elle dort à présent. Qu'elle se repose. Il a ajouté.

Il s'est frotté les mains salies par la journée de chasse, s'est tâté les couilles, m'a regardé puis a levé les yeux en faisant *hmmm*.

Je vais vous aider. Vous n'y arriverez pas sinon.

On n'avait toujours pas esquissé le moindre mouvement. Encore pétrifiés. Ce n'était pas très haut. Mais il y avait quand même trois étages à grimper.

Nous sommes lentement sortis de notre torpeur. Le crépuscule était rouge vif. Toutes les fenêtres de l'immeuble embrasées comme si soudain elles ouvraient sur l'espace infini, l'univers en feu. On habitait au bout d'une petite rue triste qui descendait d'un faubourg bruyant et commercial pour rejoindre un fond d'artères désertes où persévéraient d'anciens entrepôts.

On a donc monté maman tant bien que mal jusqu'à son lit bleu, et puis je me suis enfui pour redescendre seul dans la rue à toute allure, au risque de rater une marche, pour aller chercher le lièvre mort que j'avais dû abandonner sur le trottoir en voyant maman s'effondrer d'un coup.

Et soudain mon cœur s'est mis à battre violemment dans la cage d'escalier. Pourvu que le lièvre soit toujours là. Que personne ne l'ait emporté ou jeté. Les battements de mon cœur en dévalant les marches cognaient jusque dans ma gorge, dans ma bouche. Un sang violent dont j'entendais distinctement les coups pulsés dans ma poitrine et répercutés comme un écho sourd dans tous mes membres et mes os. Et soudain encore, oh mes amis, mes amis, je me suis mis à penser le contraire, à espérer que le lièvre ait pu s'enfuir dans les rues. C'était un évanouissement, comme maman. Il dormait. J'avais rêvé les coups de feu. L'animal se sera réveillé. On l'aura vu se redresser dans la rue sur ses longues pattes arrière. Flageoler. Jeter des regards vifs autour de lui. La lumière animale revenir dans ses yeux d'ambre. Et lui détaler dans la nuit. Les enfants auront crié d'excitation : Un lièvre ! un lièvre ! La petite bête sauvage aura brutalement retrouvé l'instinct de son espèce. Cette sorte de frayeur vivante qui la fait bondir et s'enfuir dans les fourrés.

Le cœur déchiré par des désirs contradictoires, j'ai pensé très fort *attends-moi. Ne t'en va pas*. J'ai cru voir le lièvre bondir dans la rue sale. S'échapper.

Il n'était pas mort. Je m'accrochais encore à cette idée en courant dans la rue. À cette époque, j'imaginais la mort comme une sorte d'erreur d'aiguillage et qu'il suffisait de rebrousser chemin à temps pour revenir à la vie. *Que personne ne nous suive !* hurlaient les morts. *Ne passez pas par là*. Un jeu de piste, en somme. Est-ce que les animaux ressuscitaient ? Mes tantes hésitaient à me répondre tant elles semblaient concevoir pour quelques petites bêtes de leur univers familier, vaches, chats, moineaux, représentées sur de pauvres cartes postales vierges punaisées au mur de la cuisine, une affection largement supérieure à celle qu'elles éprouvaient pour l'humanité incarnée, bien vivante. Et je me suis souvenu qu'au cimetière, où reposait mon arrière-grand-mère, je m'étais longtemps tenu silencieux devant la tombe comme si je m'attendais à voir la pierre se soulever. En vain. Je pensais alors qu'il m'avait manqué les mots, la prière pour faire revenir à la vie celles et ceux que j'aimais et qui avaient disparu.

Le couperet sombre de la nuit est tombé. Tout à coup, dans la rue, j'ai aperçu un vieil homme qui marchait vers moi à petits pas comme s'il cherchait à faire durer un peu le chemin qui le menait jusqu'à la tombe. À retarder l'heure où il ne marcherait plus du tout. Il s'est arrêté pour reprendre son souffle et m'a regardé en plissant les yeux.

C'est à toi cette pauvre bête?

Il désignait la dépouille du lièvre sur le trottoir devant notre immeuble.

J'ai dit: Oui, c'est ma mère.

Quoi?

Le vieux ne pouvait pas comprendre. Je voulais dire: c'est ma mère qui est tombée. Enfin, c'est à cause d'elle. C'est ça. On l'a remontée dans son lit bleu et je suis redescendu aussi vite que j'ai pu chercher le lièvre.

Le vieux s'est alors rapproché de moi. Je pouvais sentir sa mauvaise haleine tiède sur mon visage et j'ai vu son regard perdu, vaguement consterné.

Tu te fous de moi? Qu'est-ce qu'il fait là ce *pauvre garçon*?

Il parlait du lièvre. Et ce mot-là, *garçon*, m'a cloué et transpercé le cœur.

Il sort d'où?

Je l'ai tué ce matin.

Le vieil homme a répété incrédule: Tu te fous de moi? On peut pas le laisser ici, il m'a dit. Il y en a tellement qui se perdent comme ça dans la ville. Et meurent sur le trottoir. J'aurais voulu demander qui. N'ai pas osé. La gorge nouée. Il tremblait un peu sur ses faibles jambes de vieux. Son regard dans l'ombre disait tous ces *garçons* dans la rue qui courent et s'affolent. Et qui n'ont rien. On les prend pour des bêtes. On les traite comme des bêtes sauvages. Mais la Bête c'est nous.

Oh mes amis, moi j'aurais voulu noyer mon âme avec celle du lièvre mort. Le vieux ne croyait pas un mot de mes explications confuses, mais il ne semblait pas non plus étonné. J'ai eu le sentiment coupable que ses paroles portaient davantage sur moi que sur l'invraisemblable présence du lièvre sur le trottoir de notre petite rue populaire.

Maman devait dormir encore là-haut à présent. Se reposer du choc. Au fond le vieux s'en fichait. Il pensait depuis longtemps à autre chose. On est restés tous les deux un bref instant immobiles devant le cadavre de l'animal. Un camion blanc comme une prière a troué la nuit à vive allure dans un fracas de tôles et en frôlant nos silhouettes. On a pu voir ses tristes feux arrière sanglants disparaître en direction d'un invisible repos. Son tuyau d'échappement cracher une fumée spectrale. *Reviens!* semblait hurler la voix du monde dans la nuit. Le lièvre ne s'était pas échappé. Le vent nocturne faisait trembler sa fourrure. J'aurais aimé croire alors qu'il m'avait attendu. Comme s'il avait lu dans mes pensées, le vieillard m'a contredit platement.

On ne revient pas de la mort, petit. On y va. On y va un jour ou l'autre. C'est tout. Et c'est sans retour possible.

Mais il fallait bien que je le récupère. Que je réussisse à me baisser, à tendre mes mains sur sa fourrure, à les passer sous son ventre blanc par endroits, et à le prendre tout raide déjà entre mes bras. J'avais dans la bouche le goût de la fin atroce des créatures. J'ai relevé la tête vers le ciel noir pour y chercher de l'aide. Il n'y avait rien. Ou la seule bénédiction paradoxale de la nuit.

Quand, en levant les yeux, j'ai vu notre voisin. Lui ne s'était pas couché et fumait à sa fenêtre silencieusement, quatre étages plus haut. Il nous observait depuis son étroit balcon. J'aurais voulu essayer d'oublier sa présence. Il voulait être bien certain sans doute que je ne laisserais pas le lièvre, notre sublime trophée, près des poubelles dans la rue. Je le sentais aux aguets dans le noir et je perdais mes moyens. Il semblait seul, là-haut, dans cette étrange constellation humaine. Le seul à être parfaitement heureux et satisfait de cette étrange soirée. C'est du moins ce que je m'obstinais à penser.

Le vieux a repris très lentement sa marche vers nulle part.

Qu'est-ce que tu vas faire du *garçon*? il m'a demandé une dernière fois en se retournant vers moi.

Un rayon de lune qui venait de percer l'obscurité planétaire a fait apparaître son visage déformé par l'âge. Un visage creusé, émacié, d'une pâleur terrible. Je me suis aperçu qu'il n'était qu'un fantôme sur le trottoir. Qu'il était *mon* propre fantôme qui passait sur le trottoir. Comme il arrive soudain d'avoir la préfiguration de ce que nous deviendrons, de ce que nous sommes déjà en réalité sous les traits d'un jeune garçon, déjà un vieil homme ravagé qui accomplit en aveugle dans la nuit ses derniers pas sur la terre. Après avoir mené une de ces vies lisses et impeccablement rangées qu'on imagine encore enfant en regardant autour de soi les adultes se lever le matin pour arpenter plus ou moins courageusement les trottoirs de la vie, et sans se douter encore des souffrances, des délires, de la déglingue, des cahots et des échecs cuisants que cache cette image enfantine de la vie adulte. Loin de la nuit de chacun, et de la nuit collective des gens, tandis que tous paraissent avancer sur la petite voie nue qu'ils tracent devant eux sans y croire jamais tout à fait.

Mon fantôme avait enfin disparu au coin de la rue. La dernière image que j'ai eue de lui, c'est sa tête qui dodelinait sur son cou comme si elle devait s'en détacher d'une seconde à l'autre. J'ai pris le lièvre et l'ai serré violemment contre moi. Soudain la nuit s'est éclairée. Une parcelle d'émotion arrachée aux impostures séculaires. Comme si l'animal depuis la mort s'accrochait à moi de tous ses membres. *Ne me laisse pas partir*, disait-il. Sa fourrure tiède luttait contre le froid glacé de la mort. Ou enveloppait la mort, je ne sais pas, comme un bouclier de peau et de poils dans un geste de protection. Son immobilité cadavérique dans mes bras était, je le sentais, comme l'expression ultime de sa vie sur terre. J'ai surpris tournant dans ma tête le refrain funèbre d'une berceuse idiote : *L'animal court, il passe, il meurt. Oh l'animal court, il passe, il meurt*. Bercer le lièvre mort. Sachant que je ne devais cette tendresse désespérée qu'à notre inégalité d'espèce dans la création. Et longtemps j'ai entendu la voix du vieux dire : *pauvre garçon !* Ne sachant plus pour finir s'il s'était adressé au lièvre ou à son jeune assassin supposé.

Et j'ai prié pour que le lièvre regagne sa hutte céleste.

Le lendemain, je suis resté toute la journée et une partie de la nuit à tenter de contenir une colère folle, impossible à exprimer. Une rage qui débordait l'enfant que j'étais.

Il y avait quelque chose de faux, véritablement, dans le fait d'être un enfant. J'en étais convaincu une fois pour toutes. Ou était-ce cette sensibilité tumultueuse qui était la mienne, et que j'attribuais lâchement à l'enfance, qui m'en avait convaincu ? Le drame de la vie, comme l'essence même de tout drame, repose sur le fait que nous nous divisons en deux, et en une multitude de personnages pour la plupart inconnus avec lesquels nous devons pourtant composer indéfiniment. Il faut que je vous dise quelque chose, mes amis, quand je ne me sens pas bien, que j'ai mal à la tête, ou au cœur, ou à la gorge, cet homme réapparaît. Il peut s'écouler des années sans que je pense à lui. Ajoutez à cela qu'il est mort depuis longtemps. C'est du moins ce que j'imagine, l'issue la plus probable. Mais il revient. Le loup, le démon se réveille. Il fait du bruit au-dessus. Il m'appelle, je le sais. Et moi de sentir alors que je serai toujours là pour lui. Toucher mon épaule encore endolorie par le choc du fusil quand le coup est parti. Et comprendre soudain que ce coup-là a emporté le petit garçon que j'étais.

Ce matin-là, l'appartement baignait dans un silence étrange. Maman à son réveil et sans souvenir très précis des événements de la veille a demandé encore : Tu vas pas tourner pareil ? Elle voulait parler de lui mais j'ai cru qu'elle parlait du lièvre mort. Voyant que je ne répondais pas, elle s'est brusquement inquiétée de son escarpin manquant.

Comme c'est bizarre, elle répétait en fouillant sa chambre du regard, où est-il passé ? J'y tiens à cette paire-là.

Finalement, elle ne semblait avoir aucun souvenir du lièvre. Je me suis enfui. J'ai claqué la porte. Déjà au-dessus de chez nous j'entendais numéro 6 préparer une nouvelle virée matinale. Maman a immédiatement embrayé sur sa litanie, presque rassurée. *Mais quel boucan à la fin !*

C'est avec lui que j'ai appris à conduire, à fumer et à boire. Et quand nous étions bien ivres, il sortait les fusils du coffre de son automobile et nous tirions au hasard dans la nuit, dans la plaine, les champs de maïs, ou des zones commerciales désertes. Quand il tirait ainsi pour dégommer d'invisibles cibles, il devenait sentimental. Il évoquait des ennemis, un passé que personne d'autre que lui n'avait dû connaître. C'est ce qu'il essayait de me faire comprendre alors que je m'efforçais de ne pas vomir tout l'alcool que j'avais ingurgité. Il n'avait jamais voulu de version fade de la vie, qu'il répétait. On a tous eu envie un jour ou l'autre de devenir torero, pilote de chasse ou coureur automobile. De défier la mort pour se sentir vivant et vainqueur, après. Il ajoutait : Comme dans la chasse au tigre. Mais quelquefois c'est le tigre qui gagnait. Je ne disais rien. Et on cassait la croûte dans une vieille auberge sinistre en bord de route.

Entre deux bières, il m'a dit un jour que ça le démangeait souvent de faire un carton sur quelqu'un. Surtout la nuit.

Je n'ai pas bien saisi à l'époque le sens dévastateur de ces mots ni leur déshonneur. J'ai compris, je crois, qu'on pouvait traverser la vie sans être informé le moins du monde d'une tentation comme celle-là. Traverser la vie sans être renseigné du mal sur son propre compte. Avec cette question qui me brûlait les lèvres : *Tu as déjà tué quelqu'un ?* Mais n'osant pour finir jamais le lui demander, sachant ou croyant que je me serais résigné alors à être méprisé.

Le lièvre finirait comme le reste, comme tous ses présents, à la poubelle. Mais cette nuit-là, j'attendrais que mon père soit couché et endormi pour me relever, et dans la cuisine ouvrir le sac de la poubelle, et une dernière fois observer le lièvre mort. Il serait déjà plus ou moins rongé par des asticots argentés. Ses yeux d'ambre auraient disparu. Deux petits trous noirs ensanglantés à la place. Il aurait perdu sa fourrure. Pelé vif comme un fruit. Je dirais aujourd'hui qu'avec cette image a commencé ce qu'on pourrait appeler ma nouvelle vie. Après le paradis ou ce qu'on aura cru tel.

Il me faut auparavant raconter ce qui arriva à la dépouille de ma victime. Ce que numéro 6 voulait par-dessus tout, c'était nous montrer comment bien dépecer le lièvre. *Qui a tué, dépèce.* C'était pour lui comme une étrange question d'honneur, de dignité. Mais j'en étais bien incapable et il accepta avec bonne grâce de me remplacer. Comme ça, après, tu sauras, a-t-il concédé en pédagogue qu'il était.

Il nous a invités chez lui dès le lendemain soir.

Monte avec la bête, m'avait-il dit. Je vous montrerai comment faire. On va se régaler.

Le soir vint. Maman chancelait encore un peu sur ses jambes. Toujours à imaginer en vain où avait bien pu passer son escarpin manquant et demeuré introuvable. Pas dans mon assiette, murmurait-elle. Mais ce n'était qu'un petit étage à monter après tout. Je tenais le lièvre contre moi, emballé dans un torchon imprimé ridicule, acheté sur le marché et choisi par maman, avec des fleurs stylisées et une silhouette féminine à moitié dévêtue dansant pieds nus dans un champ de coquelicots. La porte était ouverte. Il beuglait déjà : *Entrez ! entrez !* Sa femme est apparue. J'ai cru que la fille du torchon venait de s'animer sous mes yeux. Pieds nus, dans une robe courte à fleurs jaunes. Les cheveux libres sur ses épaules. Ce soir-là, j'ai surpris en pénétrant chez eux une vague tristesse suffisamment poignante dans le regard de cette femme. J'ai imaginé que dans le monde entier, dans les faubourgs de toutes les villes de province comme la nôtre qui avaient grandi pendant ces années de croissance aveugle qui ont suivi les guerres et les charniers en Europe, les maris n'attendaient que ça, dépecer un lièvre mort dans leur petite cuisine, pendant que leur femme restait muette dans le canapé du salon, accrochée à l'espoir dérisoire d'un avenir qui s'assombrissait pourtant à vue d'œil. De ces femmes, encore dans toute leur splendeur, qui finissent par rester immobiles auprès d'un homme. Et qui font penser, dans les cirques, à ces filles statufiées contre une cible en carton peint, vêtues de maillots moulants et lamés or, tandis que leur partenaire déguisé en Mexicain d'opérette lance, les yeux bandés d'un foulard noir, des couteaux brillants autour d'elles pour dessiner sur la cible leur silhouette parfaite. Un jour, quand l'homme dénouera le foulard de ses yeux, il découvrira sur le visage de sa partenaire les rides et le regard blanchi par le chagrin d'une folle attente sans objet. Et la peur de mourir.

D'un air satisfait, heureux, il a répété : Je vais vous montrer comment faire. C'était pour lui non seulement une fête, un rite joyeux, comme la conclusion sacrée d'une aventure sauvage, mais surtout un enseignement, un culte. Maman a tendu silencieusement à sa femme un petit présent : des biscuits secs aux amandes dans un paquet fantaisie acheté quelques francs à la boulangerie du coin. Sa femme a remercié sans porter une trop grande attention au cadeau et a rempli nos verres d'un vin rouge espagnol très épais, rouge comme le sang d'une pièce de bœuf dans la boucherie. Maman a dit, scandalisée : Le petit ne boit pas d'alcool, voyons ! Papa a souri d'un air abandonné, presque lugubre. Et notre voisin a prétendu qu'un verre ça ne me ferait pas de mal. Personne n'osa le contredire. Surtout pas moi.

Je ne me souviens pas que nous ayons été invités chez nos voisins avant ce soir-là. C'était une expédition. Une découverte. Je sentais mon cœur s'accélérer. Leur appartement ressemblait en tout point au nôtre. Ou plus précisément, c'était une métaphore sauvage du nôtre. On reconnaissait tout mais tout était différent, déporté dans une autre dimension, un désordre archaïque, et l'ensemble saisi d'un vernis d'une joie glacée comme l'odeur de tabac froid qui imprégnait toute l'atmosphère. On aurait dit que notre appartement n'était que la pâle et lugubre réplique du leur, comme ces églises baroques napolitaines que je découvrirais plus tard. Leur sous-sol, qui reproduit l'église supérieure elle-même mais dans une nudité de cave, était consacré au culte des morts.

En procession, nous sommes entrés dans la cuisine, nos verres à la main. Lui nous avait précédés et attendait, un tablier blanc ceint autour de sa taille déjà épaisse, un couteau de chasse, lame scintillante, à la main.

Il avait saisi le lièvre par les pattes arrière pour le suspendre à la poignée de la fenêtre, au-dessus de l'évier de la cuisine dans lequel régnait un incroyable chaos de vaisselle sale. Il ne nous restait plus qu'à nous résigner à assister, impuissants, au spectacle annoncé.

Il y eut un long silence. Un débat silencieux entre nous pour comprendre pourquoi cette opération à venir devait nécessairement se faire en présence de l'assemblée des dévots que nous formions plus ou moins malgré nous.

Maman, écœurée par le vin et l'odeur du gibier mort, par la crasse de la cuisine qu'elle découvrait avec effarement, ne croyait pas utile d'assister au sacrifice. Mais elle n'a rien dit. Sa question muette était: Si vous deviez rejoindre ainsi l'armée des ombres, les derniers cercles de l'Enfer, finir au trou, est-ce que vous n'auriez pas besoin malgré tout du peu de peau et de fourrure qui vous a protégé vivant quand vous couriez les bois et les prairies? Maman devait penser qu'arriver nu et sanglant devant le maître du Temps et de la Vie ne devait certainement pas faciliter nos affaires là-bas. Et sans doute, à cet instant précis, quand le sacrificateur a levé son couteau sur la bête, a-t-elle imaginé avec effroi qu'elle aussi pourrait être obligée de passer l'éternité sans peau, à poil comme une orange pelée.

Papa disait souvent: Ça n'a plus d'importance ce qui se

passe *après*. Il voulait dire, je le savais, *ce qui ne se passera pas* de toute façon. Parce que personne dans l'au-delà n'aurait à sortir dans le froid, aller travailler, prendre un train ou un bus, ni à se déshabiller devant le médecin ou son amant. Aucune bête non plus ne détalait dans les prairies de la mort. Les yeux de mon père étaient de froides étoiles jetées dans le ciel noir et vide. D'autres voix autour de nous dans la famille s'élevaient pour affirmer au contraire que c'était très important de garder sa peau parce qu'il fallait jusqu'au bout rester présentable et décent. Garder proprement sa petite veste de peau et de poils à l'intérieur de laquelle nous avons traversé les absurdes épreuves d'une existence parmi des milliards d'autres existences. Même quand il n'y aura plus personne pour te voir et te juger ? Oui, même…, répondaient, par exemple, les sœurs de maman qui n'imaginaient pas un seul instant que nous puissions ne rien voir des réalités eschatologiques et associaient surtout à leur théologie branlante de la mort le même principe de précaution qu'elles opposaient dans la vie à tout changement possible, depuis l'heure du dîner jusqu'à la marque de leur lessive. Et d'autres encore pensaient simplement qu'il ferait là-bas un froid terrible. Les morts ont toujours froid. Dante raconte bien que le neuvième cercle de l'Enfer est une glacière avec le roi des morts congelé dont on aperçoit la tête raide et bleue sortir des congères infernales. C'est bien connu. Et on s'est imaginé soudain passant notre vie en train de coudre d'immenses couvertures de laine pour tous les morts de la famille. Ça n'arrêterait pas.

Avec la pointe acérée de son couteau, notre terrible et entreprenant voisin a commencé par découper un cercle dans la peau autour de chaque patte arrière du lièvre, juste au-dessous de l'articulation. En pinçant la peau, il a ensuite pratiqué une large incision dans le dos, sous la petite tête de l'animal. Nos yeux hypnotisés ont suivi la progression de l'entaille jusqu'au postérieur. Le lièvre tremblait, sa carcasse agitée. J'ai pensé, le cœur stupidement serré : Mais pourquoi se laisse-t-il faire, l'animal ? Notre voisin a alors délicatement entrepris de tirer des deux mains la peau du lièvre vers le bas, lentement, en un seul mouvement régulier jusqu'à la queue dont il a découpé l'os avec précision. C'est le *pantalon*, dit-il. Avant le *pull-over*. Et la peau du ventre à son tour s'est détachée sans difficulté comme un effeuillage. Un strip-tease morbide. Le sang presque noir et lourd s'écoulait dans un grand bol bleu en équilibre instable sur le tas de vaisselle sale.

Garder, a-t-il dit d'une voix basse et préoccupée, le maximum de sang pour la sauce.

Et tout doucement découper la peau qui retenait la tête.

Pour finir l'animal pendu était nu.

Quelques touffes de poils blancs et gris avaient coagulé sur la peau à vif.

Il l'a éviscéré en conservant le foie et le cœur qu'il a emballés dans du papier d'argent.

Lui, le sacrificateur, avait les mains rouges de sang. Les ongles noirs sous lesquels de minuscules lambeaux de peau, de poils et de chair s'étaient incrustés. Il soufflait. Il a rincé sous l'eau glacée du robinet le cadavre de la victime.

Qu'est-ce que vous dites de ça ? nous a-t-il lancé en essuyant ses mains dans un torchon sale, après un instant consacré à contempler son œuvre écorchée, un franc sourire aux lèvres.

Vous allez vous régaler. Il a ajouté.

C'est vrai qu'il nous avait toujours promis monts et merveilles.

Mais qu'est-ce qu'on éprouve devant la nudité de l'autre pendu sous nos yeux ? Sans peau ni fourrure.

Qu'est-ce qu'on éprouve quand on s'éloigne des gens et qu'on voit leurs silhouettes diminuer dans la plaine jusqu'à n'être plus qu'un point nu et sanglant qui finit par s'évanouir ? Pour ne garder de chacun que de pauvres souvenirs glacés.

Sa femme nous a fait passer un paquet de chips au vinaigre. Avec un petit sourire de réconfort. Elle savait bien comment était son mari. Les chips nous ont laissé un drôle de goût salé et aigre dans la bouche.

Ils voulaient nous garder avec eux pour dîner mais nous avons décliné avant de sortir précipitamment, assoiffés, la gorge sèche, étouffant quelques remerciements maladroits et de toute façon inaudibles, avec maman traînant la patte.

Nous sommes donc redescendus chez nous. Après avoir en vain supplié une dernière fois notre voisin de garder le lièvre dépecé. Il saurait mieux que nous quoi faire de la victime, la préparer, il apprécierait mieux que nous d'en faire un repas des jours à venir, etc. Je pense que nous n'imaginions même plus, après ce sacrifice, pouvoir déguster la bête dans quelques plat et sauce que ce fussent. Et nous savions notre mère incapable de cuisiner quoi que ce soit d'autre que les menus fixes qu'elle déclinait immuablement selon les jours de la semaine. Lui n'a pas répondu et nous a brutalement rendu le petit cadavre rincé et essuyé avec soin, emballé dans un papier sulfurisé presque doré, alors que nous tirions la porte de l'appartement numéro 6 comme on aurait refermé la porte de Barbe-Bleue dont la clé était rouge de sang. Avec le sentiment d'avoir couvert un crime et d'avoir rejoint la conspiration du silence. Ce que nous ne voulions pas savoir, c'était de quel crime non révélé entre nous il pouvait s'agir.

C'était la fin de quelque chose. La mort et le dépeçage du lièvre. On était donc en l'an de grâce 1973. Je n'avais encore jamais rencontré la mort. Comme je l'ai dit, celle de mon arrière-grand-mère m'avait été cachée. Je ne l'ai apprise que quelques jours plus tard sans réaliser sur le moment que je ne la reverrais plus sur cette terre et dans cette existence. Ne sachant pas non plus encore que cette existence qui nous traversait de part en part, que cette terre qui nous portait, cette poussière dans laquelle nos traces s'effaçaient, c'était aussi la mort. J'ai pris conscience que je ne pourrais pas recoller les morceaux, pas plus que le lièvre abattu n'avait pu revivre. Je n'avais aucune idée de ce qui m'attendait alors au-delà du point où je me trouvais. L'automne finissait. J'ai seulement compris que le monde d'avant, qui n'avait pourtant pour moi qu'une petite dizaine d'années fraîches comme un museau de musaraigne, avait disparu pour toujours. C'est aussi ce qu'on entendait à la radio. Guerre au Moyen-Orient, crise du pétrole, chômage, etc. La croissance économique fléchissait. Lui me disait tout en conduisant comme un fou direction les montagnes et les broussailles sauvages :

Y a rien à faire ici. Je gardais les yeux fixés sur la route et au-delà sur les espaces infinis. De grands nuages d'après-midi surplombaient la plaine. Un soleil tardif glaçait de lumière pâle les vignes et les champs. Il roulait très vite et me parlait de ses affaires qui n'allaient décidément pas fort. Il s'en sortirait, jurait-il en riant comme un pauvre abandonné du ciel, pauvre enfant perdu soudain. *On va pas me raconter que je connais pas mon chemin ! Je sais très bien où je vais et ce que j'ai à faire.* Il avait une idée en tête, je le sentais. Un plan d'attaque, selon son expression. *Peux pas t'en dire plus.*

Moi je le croyais sur parole. Et j'ai depuis à chaque fois cru les autres sur parole quand ils disaient vouloir se battre jusqu'à la victoire hypothétique qu'eux-mêmes ne semblaient pas toujours connaître ni même espérer. J'ai mis du temps, et pas mal de défaites obscures, avant de m'interroger pour savoir jusqu'à quel degré la vulnérabilité pouvait être compatible avec une vie bonne et juste, réussie. Quand nous étions tous les deux en rase campagne, nos fusils à la main, libres et débarrassés des contraintes, il lui semblait qu'il était au centre de son existence, dans son foyer brûlant comme une forge ancienne. Une force se renouvelait en lui pour lui permettre de poursuivre son œuvre de survie, de chevalerie, ses actes de bravoure connus jalousement de lui seul.

Un matin, tandis que nous étions à l'affût de quelque bête sauvage, lièvre, faisan ou perdrix, il s'est tourné vers moi et m'a dit à voix basse : *la liberté, c'est la seule chose à conquérir. Rien ne l'égale.* Et son regard s'est perdu autour de nous dans les broussailles et les sous-bois. Ses paroles somme toute banales murmurées alors que nous étions accroupis dans les taillis m'ont fait l'effet d'une révélation, même s'il me semblait soudain qu'en plein cœur de cette joie et de cette liberté dont il affirmait crânement la jouissance, j'aurais moi toujours à souffrir les misères d'une peur aussi vieille que les montagnes qui nous entouraient, aussi profonde que la nuit du ciel étoilé, parce que je n'en jouirais jamais précisément avec la même liberté que lui, dans cette illusion magique et finalement cruelle, comme je commençais à le comprendre, que tout cela lui appartenait.

Je crois qu'il a remarqué mon désarroi et ce matin-là, le jour à peine levé, il a ajouté avec un sourire défait que je ne lui avais jamais vu : *ne m'écoute pas, ne deviens pas comme moi.* Comme pour m'empêcher finalement d'entendre cette voix venue de très loin et qui l'avait jeté à la conquête d'impossibles rêves.

Je n'ai pas su quoi lui répondre. Sans doute n'attendait-il rien. Quelques instants plus tard, sur le chemin de retour dans la nuit, il ajouta sèchement que c'était la dernière fois qu'il m'emmenait avec lui. Et j'ai pleuré.

Maman se faisait *un sang d'encre.*

Je n'osais lui dire qu'il nous arrivait de dormir dans la voiture sur le bas-côté des routes départementales de la France de cette époque-là. Sud-Ouest. Je n'ai plus les noms exacts de toutes les petites villes que nous avons traversées entre Toulouse et le Gers, et la Gascogne, dans lesquelles nous achetions de mauvais sandwichs, des packs de bière, et faisions le plein de carburant tout en collectionnant les points pour obtenir la prime dérisoire promise sur les affiches multicolores devant les pompes consacrées au dieu pétrole qui gouvernait le monde – offrandes promises si nous consommions beaucoup d'or noir et accumulions ces fameux points : tasses à café, assiettes, oursons en peluche, jeux de société, briquets ou faux couteaux suisses *made in China*… J'étais encore un petit enfant et je préférais secrètement, sans jamais oser les lui réclamer, de peur d'avoir à rougir de honte devant lui, les petites peluches en fourrure synthétique.

Je crois que j'ai pensé dur comme fer des mois durant que nous nous retrouverions et que nous ferions alors tout ce que nous n'avions pu faire encore.

Nous aurions pu laisser tomber maman dans l'escalier, ce soir-là. Nos bras auraient lâché, nos mains glissé. Maman se serait réveillée en hurlant de douleur un étage plus bas. Fractures multiples. On aurait vu du sang couler de son crâne et se mêler à la blondeur permanentée de sa chevelure.

J'aurais pu rater le lièvre que nous avions levé ce matin-là sur les coteaux de Gascogne. Ou lui n'aurait pas eu le réflexe de tirer une fraction de seconde après moi pour rattraper le coup et hurler *tu l'as eu, tu l'as eu*. Oh la vie.

Souvent je me demande encore ce que j'aurais fait si les flics, ces anges noirs, n'étaient pas venus le chercher. Ou si nous n'étions pas rentrés d'une de nos longues virées sur les routes. Préférant errer à l'aventure sur les chemins de campagne du sud-ouest de la France dans ces années-là.

J'aurais voulu, je crois, laisser le lièvre où nous l'avions levé. Ou le rapporter, fût-il mort, aux champs et aux bois qui avaient été les siens. Mais j'ai dû, je le comprends enfin aujourd'hui en écrivant ces lignes, deviner alors confusément que nous n'avions sans doute pas à faire dans la vie que notre seule volonté, mais que d'autres volontés nous guidaient en bien ou en mal. C'était en chacun d'entre nous la part du héros. De celui capable d'orienter son existence entière au service de volontés supérieures, fussent-elles illusoires. Des chimères. Des rêves. Des mirages que le vent dissipait et que la nuit inlassablement faisait revenir. Il y avait en nous comme une sorte de cellule, de minuscule chambre dans laquelle les moulins se transformaient en géants, les ruines en somptueux palais, et le moindre petit chemin dans les bois en route romaine qu'empruntaient des légions de guerriers lourdement armés.

Comment, même si c'est aussi le versant obscur des défaites et des désillusions, ne pas se tourner de ce côté-là du monde d'où vient une provision toujours nouvelle de lumière, d'excitation et de force ?

Une heure a passé. Le chaman de la Contrescarpe ne semble toujours pas décidé à mettre fin à notre séance. Je crois lui avoir parlé pour finir de cette histoire du lièvre tué et qui a fini à la poubelle. Il m'a encouragé. Mais cette histoire que je viens en quelque sorte de retrouver sous ses doigts sur ma peau ne concerne que moi. C'est ma fiction. J'y croirai jusqu'à la fin quitte à me perdre à mon tour.

Il ne cesse de m'ausculter comme s'il cherchait à rompre ou dissoudre cette paroi dure et inerte qu'il dit avoir trouvée en moi sous ses doigts. Je commence à me sentir vraiment mal.

Une dernière fois, il répète doucement : *laissez partir les morts.*

Je pense avec douleur, et cette bêtise nécessaire qui caractérise le deuil souvent, que si nous devons laisser partir tous les morts, il faudra construire alors d'immenses autoroutes dans la vie de chacun. Embouteillages garantis à la croisée des destins. J'ai le sentiment embarrassant que le seul moyen peut-être d'empêcher que je demeure ainsi contaminé par la pensée de la mort de ceux que j'ai aimés est d'accepter ce dénouement, cette remontée à l'air et la vie dont je ne voulais pas.

— Pour sortir de l'impasse, vous devez rappeler le petit garçon que vous avez abandonné. Lui seul pourra vous conduire à l'air libre, retrouver le soleil.

— Le petit garçon que j'étais est mort.

Le chaman ne me croit pas. *Vous êtes à vif,* répond-il seulement. La peau toujours. Et je raconte un rêve que je fais régulièrement, dans lequel ma mère entre dans le salon-salle à manger du petit appartement des faubourgs toulousains, et je ne m'étonne pas qu'elle soit nue avec un seul escarpin au pied gauche. Elle boite et répète doucement : *mais enfin pourquoi tu ne nous as rien dit ?* en venant me caresser distraitement le front.

Je me suis glissé dans la peau d'un autre et j'ai perdu l'épiderme frais et doux comme un jeune pelage de mon enfance. *On va la retrouver*, murmure maman doucement dans mon rêve sans que je sache si elle parle de sa chaussure ou de mon enfance perdue qui soudain à mes yeux ne vaut guère mieux que la dépouille du lièvre dépecé. Une petite peau pour des courses infinies dans les herbes, et qui aura fini en lambeaux dans l'évier sale d'une cuisine humaine.

Miserere lepori. Ayez pitié du lièvre.

C'est sans doute la raison pour laquelle maman dans mon rêve boite. Elle rêve encore de sa peau de jeune fille dans les années cinquante, entre Nice et Cannes, quand les officiers américains des navires de guerre qui stationnaient toujours dans la baie des Anges l'invitaient à des thés et des réceptions dansantes. Dans le rêve, sa peau tremble comme un léger tambour. Est-ce que ce sont les battements légers de son cœur ou le rythme des musiques d'un bal d'autrefois ?

Le rêve est une façon d'expliquer la vie tout en laissant la vie inexpliquée, une façon de la garder avec soi, la part la plus sauvage de soi, et de ne pas la forcer à entrer dans le temps et les débris de l'histoire ou de la catastrophe. Et moi je réalise à peine que je n'ai jamais rien dit à ma mère, comme si notre existence commune était pour moi une langue indéchiffrable que je n'arriverai jamais à parler.

— Vous vous êtes mis dans le sens contraire de la marche, me dit le chaman avec une étrange bienveillance. Il faut bouger à présent. Bouger.

Je dois choisir de me diriger vers la vie ou rester en queue du train et voir défiler les paysages en sens inverse comme dans un film qu'on aurait rembobiné à toute vitesse avec l'espoir vain de revoir une dernière fois ceux qui nous ont quittés.

À la fin le chaman lui-même ne retient plus ses larmes. Ses mains moites me donnent l'impression qu'elles aussi pleurent tout en me massant, tout en cherchant à faire réapparaître ma peau perdue. Ma dépouille.

Et non plus *la peau sale des morts.*

Soudain j'ai la sensation que le chaman a deviné mes pensées et qu'il va m'étrangler tant il serre mon cou.

— Qui ne demeure pas dans la vie, et dans la communion avec la peau sale du monde et des gens, meurt seul et dépouillé de sa peau. La seule que nous ayons et avec laquelle nous traversons la vie.

Ces mots obscurs signent selon lui la fin de cette séance, il est épuisé et rend à mes morts leur dignité de vivants. Je dois rendre leur peau aux morts et récupérer la mienne.

Lui ne pleure plus à présent. Ses larmes ont disparu en quelques secondes. Un tour de prestidigitateur. De ses yeux soudain secs, il regarde sa montre-bracelet et me réclame brutalement quatre-vingts euros, *en liquide s'il vous plaît.*

J'ai enfin réussi à quitter mon chaman. Je stoppe laborieusement mes propres larmes et je dévale l'escalier jusqu'à l'air libre. C'est à ce moment précis, en descendant quatre à quatre les marches de l'immeuble de la Contrescarpe, que j'ai un choc. Tout ressurgit du passé comme du néant. Je repense au lièvre abandonné sur le trottoir de notre rue à Toulouse. Tout me revient. L'angoisse et l'incertitude de savoir *si le lièvre m'a attendu.* Je remonte le temps en descendant cet escalier parisien. Comme si cet escalier que je descends, me propulsant ainsi vers la vie, me ramenait aussi brusquement en arrière. Comme si le temps était aboli, ou plutôt comme si le temps avait réamorcé sa spirale. Et je commence ainsi ma résurrection. Je comprends dans la foudre de l'instant que seuls les vivants ont le devoir de ressusciter.

Dehors m'attend B. dans un taxi noir, porte ouverte et moteur ronflant. Je la vois comme si je la voyais pour la première fois. Nous nous embrassons avec l'émotion folle qui suit un danger évité de justesse, et le taxi file nous emportant avec ce baiser brûlant dans les rues de Paris, à la poursuite de la lumière du printemps neuf.

Ce matin-là, désemparés, nous avons tenté de rassurer sa femme comme nous pouvions. C'est-à-dire que chacune de nos paroles, chacun de nos gestes n'a fait que renforcer notre propre sentiment d'abandon et d'angoisse. Fascinés que nous étions par la petite défaite laide logée dans notre chagrin. Au moindre bruit extérieur qui pouvait suggérer un véhicule, une voix, la porte d'entrée de l'immeuble qui s'ouvrait, nous bondissions avec désœuvrement, aiguisant l'espoir et éveillant ses plaies béantes.

Il me restait à faire le deuil de celui qui n'était jamais réapparu. Comprendre sans doute qu'il m'avait laissé la place. J'imaginais notre voisin livrant sans moi une sorte de bataille ultime et forcément inégale. J'avais de la peine pour lui. Que deviendrait-il? *Ses armes étaient sa parure et le combat son repos.* J'ai eu peur qu'il devienne le plus malheureux chevalier de la terre. Ou était-ce qu'il l'avait toujours été et que sa noblesse invisible fut de mettre tous ses efforts à ne pas le montrer. J'ai connu, plus tard, certains voyous en prison qui, dans leur défaite, avaient pris le parti ainsi de recourir à leur remède ordinaire, qui était de rêver et de poursuivre leurs romances à toutes les objections qui leur étaient faites.

Dans la journée je suis monté au quatrième étage et j'ai frappé à la porte de l'appartement numéro 6. Sa femme m'a ouvert sans surprise. *Viens, entre.* Je venais aux nouvelles, je voulais comprendre ce qui avait bien pu se passer. Et s'il reviendrait comme il me l'avait promis en ricanant de désespoir. Je me suis assis quelque part et n'ai plus bougé. Quand sa femme s'est approchée de moi, et a caressé d'une main mes cheveux et mon cou, j'étais recroquevillé dans mon coin, la tête entre les genoux. J'attendais ce qui n'arriverait plus. J'ai relevé le visage vers elle. Elle avait un regard vague, coupable, ai-je curieusement pensé, et elle a murmuré plusieurs fois avec une cruauté inouïe que je découvrais avec stupeur: *bon débarras, bon débarras, bon débarras.* Je me suis bouché les oreilles avec les mains. C'était comme ça. Personne ne garderait le moindre souvenir de lui, j'ai pensé. Un incapable, a dit aussi sa femme quand j'ai enlevé les mains de mes oreilles.

Il comprend rien, il a jamais rien compris. Ne deviens pas comme lui, elle a ajouté.

J'ai pensé qu'il n'y avait pourtant pas grand-chose à faire ni à comprendre sauf qu'ils l'avaient coffré et qu'il ne reviendrait plus. Un silence de plomb s'est abattu à l'intérieur de moi. J'avais l'impression que mes épaules pesaient très lourd. J'avais mal à la tête. La panique que je ressentais au creux du ventre ne se dissipait pas et je repensais aux événements de la matinée. Je me suis raccroché à l'idée folle et dérisoire qu'on l'avait embarqué parce qu'il connaissait le secret qu'on meurt tous d'envie de connaître. Il y en a toujours un comme ça entre nous. Mais j'ai renoncé à m'interroger et j'ai lâchement demandé à sa femme si je ne l'embêtais pas, si je pouvais rester là près d'elle un moment. Je ne me sentais pas bien. Lui que j'avais aimé et admiré, je le trahissais déjà comme le disciple, à l'aube près du feu, dans la cour du palais du grand prêtre.

Sa femme ne m'a pas répondu tout de suite. Ça lui était égal apparemment. Elle m'a simplement proposé des petits gâteaux. J'ai décliné. Les larmes me montaient aux yeux.

Ça va s'arranger, m'a-t-elle dit doucement.

J'ai vu dans ses yeux qu'elle n'y croyait pas vraiment.

Finalement émue par mon chagrin, ou par simple lassitude devant la détresse de l'enfant que j'étais, cette femme a eu un geste spontané de tendresse. Elle a poursuivi ses caresses sur ma tête et mes épaules. Je me suis tourné pour qu'elle atteigne mon torse. Elle s'est penchée sur moi. Je sentais son souffle et ses longs cheveux sur ma peau. Elle m'a embrassé le cou, la bouche et les mains, tout en léchant bizarrement chacun de mes doigts. Brusquement je l'ai serrée dans mes bras, je me suis accroché à elle, j'ai tenté en vain de lui dire ce que je n'arrivais même pas à me dire à moi-même. J'ai levé les yeux vers la fenêtre.

Le soir tombait lentement. Dans le ciel, les étoiles, de pures merveilles, y flambaient déjà. Tout ce que je voulais c'était me tirer en douce dans cette nuit à venir, quitter le foyer familial, disparaître et renaître ailleurs, à la recherche de ce qui avait jeté sur les routes notre voisin, découvrir ce que les gens faisaient dans le reste du pays en cette fin de l'an de grâce 1973. Quand le pétrole devint soudain une cause de guerres, de déséquilibres et de malheur social. C'est-à-dire quand le monde auquel les gens avaient été sommés de croire, le monde de la reconstruction et de la croissance, le monde de l'acquisition de biens, de la consommation de masse, quand ce monde-là devint plus obscur et plus fragile que les espoirs de réussite qu'on avait voulu entretenir de façon factice.

Je me suis senti si seul soudain, si triste, si fatigué, si tremblant. Sa femme avait voulu me consoler. Elle aurait pu se mettre à me raconter toute sa vie, son histoire avec et sans lui. Je l'aurais écoutée toute la nuit. Je la dévorais des yeux dans mon chagrin. Elle a préféré poursuivre silencieusement ses caresses et nous déshabiller doucement comme deux enfants perdus, naufragés dans leur toute jeune existence. Elle a continué à passer sur mon dos puis sur mon ventre nu ses mains lentes qui m'ont fait découvrir comme le versant le plus vaste, le plus sauvage de mon corps, celui qui devait mener mystérieusement vers un Pacifique, un océan profond de plaisirs et de craintes mêlés. Cette intimité entre deux personnes, la plus délicieuse et la plus inquiétante de la vie, que je découvrais pour la première fois et que nous appelons faute de mieux sexualité. Une vague de chaleur propagée par une invisible boule de feu a gagné mes membres raidis. Je sentais le sang affluer.

C'est, mes amis, mes amis, mon premier souvenir conscient d'une érection. La tension du membre me communiqua un sentiment de libération plutôt que de puissance, un peu comme une de ces visions enfantines quand on rêve de chevaux et que l'on se voit galoper dans une prairie ouverte vers une destination encore inconnue de nous. Une sensation d'agrandissement. Quelque chose en nous qui tangue comme un navire dans une tempête dont on pense sortir victorieux mais qui nous engloutira.

L'érection fut un éclaircissement comme l'irrésistible et fugace expansion de la lumière à l'origine de l'univers. Sa gloire éphémère contenait à la fois son exploit et sa décadence.

J'ai naïvement haï ce qu'elle faisait mais je n'ai pas su ou voulu l'arrêter. J'ai dû jouir entre ses mains ou dans sa bouche, je ne sais plus. C'était l'hiver. La fin de cette foutue année de grâce 1973. L'inégale aventure de la croissance allait s'enrayer ces années-là, on s'étonnerait qu'elle ne fût pas éternelle. Oh Seigneur. Quand j'ai entendu maman qui m'appelait, qui me cherchait partout. Où étais-je encore passé ? demandait-elle en boucle dans l'escalier. J'étais là et j'étais déjà ailleurs. J'ai su soudain que je disparaîtrais comme les étincelles de plaisir qui depuis ont déchiré le ciel de ma vie brève.

Nous n'avions donc pas mangé le lièvre. Et le chasseur a disparu de notre vie.

Rien. Je ne l'ai plus jamais revu ni n'ai pu ou su obtenir de ses nouvelles. La prison l'aura englouti. Ou il a refait sa vie ailleurs, plus tard. Sa femme n'a jamais voulu m'expliquer quoi que ce soit. Elle m'avait répété *bon débarras. Laisse-le quitter ta vie.* Je me souviens maintenant qu'elle a déménagé quelques semaines après l'arrestation de son mari sans dire à personne pour quelle adresse. La ronde des huissiers a repris de plus belle et s'est éteinte lentement comme un feu devant la porte fermée de l'appartement numéro 6. On ne les entend plus, disait maman avec inquiétude les semaines qui ont suivi. Peut-être lui se battait-il toute la nuit, jusqu'au petit jour, contre cette mystérieuse porte qu'il avait cherché à ouvrir et derrière laquelle on entend toujours quelqu'un lutter, sangloter et appeler à l'aide. Moi, longtemps, je l'ai entendu dans sa prison frapper et m'appeler. Encore aujourd'hui, quand le vent primitif souffle sur les eaux de la vie et perce la nuit, pour nous apprendre que nous ne devons pas rester confortablement chez nous mais quitter nos abris, nos tanières.

Les portes doivent claquer, disait-il haut et fort.

C'est un véritable courant d'air, dénonçait maman en soupirant.

Et pourtant il m'a appris cette chose qu'il n'y a rien d'autre à faire pour finir que rester allongé dans l'herbe et manger comme les oiseaux sauvages des raisins chapardés aux vignes sur la route, bénir la terre et le ciel, avec cette certitude que les jours de colère restent à venir. Lui comment a-t-il pu passer des bois et des prés où il courait à cette absence noire ?

Ils ont fini par l'avoir, a dit maman à ceux qui nous interrogeaient.

Mais qu'est-ce que cela prouvait ?

Le lièvre, lui, nous l'avions eu. Et je me souviens que notre voisin m'avait expliqué que tuer n'était pas une décision mais une chance, un cadeau qui ne se refuse pas, quels que soient l'effroi ou la mauvaise conscience qu'on puisse en éprouver.

Je n'avais rien osé dire et je crois que je n'ai toujours pas accepté ni compris ces mots. Mais comme je n'ai toujours pas essayé de reconstruire les objections inévitables de ceux qui ne voyaient en réalité que la misère, la vulgarité et la frustration de cet homme, qui ne croyaient pas en lui ni en ses rêves et ses excès, ni à ses lumières – objections que leur suggéraient un instinct de classe, de peur, de méfiance, et une jalousie amère, le tout déguisé sous le nom de *raison*, de *prudence* ou de *décence*. Je n'ai toujours pas rejoint les rangs des *incroyants* qui n'ont d'autre protection dans la vie, devant leurs échecs silencieux, leurs espérances enfouies, que de substituer l'illustration pénible à la preuve impossible.

Je n'avais pu lui faire qu'un petit signe impuissant, une dernière fois, qu'il m'avait rendu depuis l'arrière du fourgon de police. Avec son air mélancolique et hâbleur à la fois qui semblait dire: *j'connais la musique, va...* Il a disparu en s'engouffrant dans la camionnette. J'ai contemplé bouche bée le vide soudain qui montait autour de moi. Il avait curieusement revêtu son gros anorak rouge délavé, acheté tout spécialement pour les températures glacées en montagne, et qui le faisait apparaître plus gros, plus embarrassé encore. Pris dans une ridicule armure sans usage. Il est parti comme ça, en regardant droit devant lui, et l'air absent. Comme si les flics n'existaient pas vraiment. J'ai même cru entendre maman à la fin murmurer: On ne peut pas le laisser partir comme ça. Il va pas bien, je crois. Qu'est-ce qu'on va faire maintenant? Elle voulait s'inquiéter en réalité de ce que nous aurions pu avoir à justifier de sa brusque disparition. J'ai simplement dit à voix haute: T'en fais pas pour lui. Il s'en sortira. Mais je savais que je mentais, que je penserais longtemps à lui, à ce qu'il avait bien pu faire pour se retrouver là. Et nous être arraché. Si je n'avais pas été enfant, je l'aurais accompagné chez les flics ou nous aurions pris la fuite ensemble.

Mon cœur s'emballait. Je me suis mis à penser que sans m'en dire un mot, il savait tout depuis le départ. Qu'il finirait ainsi. C'était une manière violente de se retirer, de me laisser aux commencements de ma vie bientôt adolescente, de me laisser faire tout seul le chemin vers les montagnes et les prairies de l'existence. Il m'abandonnait pourtant à ce feu qu'il avait allumé en moi. À davantage de questions que de réponses aussi. J'ai même imaginé qu'il s'était volontairement donné aux flics pour abréger un drame qu'il pressentait.

Je me suis souvenu de son dernier regard, alors que ses yeux m'avaient quitté, le regard vide d'un homme qui a perdu son orientation, comme celui d'un animal dans la plaine vide qui cherche autour de lui sans trouver de refuge. Ou comme le messie qui n'a rien sur cette terre où poser sa tête.

Alors depuis, quand le soleil se lève sur les bois là-bas où je ne suis jamais retourné, et où m'attend encore, je le sais, un petit lièvre mort et ressuscité, que je vais m'asseoir sur un banc ou à la terrasse d'un café, pour regarder le ciel vide au-dessus de la ville, l'immense ciel d'un jour nouveau, avec la sensation de cette lumière déjà enfuie, que je ne rattraperai jamais, qui s'en va des regards, des cœurs, avec la sensation fraternelle de tous ceux, héros brisés, qui rêvent de son immensité et de sa chaleur perdue, et que je sais que dans nos cœurs *l'étoile brillante du matin*, celle de l'apocalypse annoncée, s'étiole déjà sur les faubourgs humains, tandis qu'elle se fait bénédiction pour la terre et frayeur des animaux nocturnes, et qu'absolument personne, personne ne sait alors ce qui va lui arriver, sinon l'inéluctable vieillesse qui vient comme la nuit déjà vient dans le jour à peine étiré, moi je pense à lui, je pense même à tous ceux comme lui qui n'ont rien trouvé de ce qu'ils espéraient mais qui cherchent encore au-delà des jours et des nuits, qui luttent et cherchent sans trouver, qui s'époumonent et bravent d'illusoires ennemis, défendent des causes impossibles. Pour se perdre tout simplement jusqu'au coup de feu final. Ne plus avoir à retrouver celle ou celui qu'ils étaient dans leur enfance emportée. Oui, c'est le petit enfant que j'étais qui est parti ce jour-là avec cet homme et que depuis je cherche en moi, et dans chaque perte, chaque mort, chaque disparition dans la nuit.

Reviens, mon enfant, reviens. Courir et te battre.

Œuvres de Frédéric Boyer (suite)

ORPHÉE, *Éditions P.O.L*, Paris, 2009.

HAMMURABI HAMMURABI, *Éditions P.O.L*, Paris, 2009.

TECHNIQUES DE L'AMOUR, *Éditions P.O.L*, Paris, 2010.

PHÈDRE LES OISEAUX, *Éditions P.O.L*, Paris, 2012.

PERSONNE NE MEURT JAMAIS, *Éditions P.O.L*, Paris, 2012.

SEXY LAMB, *Éditions P.O.L*, Paris, 2012.

RAPPELER ROLAND, *Éditions P.O.L*, Paris, 2013.

DANS MA PRAIRIE, *Éditions P.O.L*, Paris, 2014.

QUELLE TERREUR EN NOUS NE VEUT PAS FINIR ?, *Éditions P.O.L*, Paris, 2015.

YEUX NOIRS, *Éditions P.O.L*, Paris, 2016.

LA BIBLE : LES RÉCITS FONDATEURS : DE LA GENÈSE AU LIVRE DE DANIEL, *Éditions Bayard*, Paris, 2016.

LÀ OÙ LE CŒUR ATTEND, *Éditions P.O.L*, Paris, 2017.

PEUT-ÊTRE PAS IMMORTELLE, poèmes, *Éditions P.O.L*, Paris, 2018.

SOUS L'ÉCLAT DES FLÈCHES, chroniques, *Éditions Bayard*, Paris, 2020.

JÉSUS, L'HISTOIRE D'UNE PAROLE, *Éditions Bayard*, Paris, 2020.

Traductions

LA BIBLE, nouvelle traduction, direction d'ouvrage, *Éditions Bayard*, Paris, 2001.

Dennis Cooper, DREAM P.O.LICE, *Éditions P.O.L*, Paris, 2004.

Dennis Cooper, DIEU JR, *Éditions P.O.L*, Paris, 2006.

Shakespeare, SONNETS, *Éditions P.O.L*, Paris, 2010.

Shakespeare, LA TRAGÉDIE DU ROI RICHARD II, *Éditions P.O.L*, Paris, 2010.

Saint Augustin, LES AVEUX, *Éditions P.O.L*, Paris, 2013.

KÂMASÛTRA, *Éditions P.O.L*, Paris, 2015.

Virgile, LE SOUCI DE LA TERRE, *Éditions Gallimard*, Paris, 2019.

Composition : Entrelignes (64)
Achevé d'imprimer
par CPI Firmin-Didot
à Mesnil-sur-l'Estrée, en mars 2021
Dépôt légal : mars 2021
Numéro d'imprimeur : 163012

ISBN : 978-2-07-290134-8/Imprimé en France

368712